一个演员的库藏记忆

李立群 著

人民文学出版社
PEOPLE'S LITERATURE PUBLISHING HOUSE

著作权合同登记：图字 01-2017-4494

图书在版编目(CIP)数据

一个演员的库藏记忆 / 李立群著. —北京：人民
文学出版社，2017
ISBN 978-7-02-013078-8

Ⅰ.①—… Ⅱ.①李… Ⅲ.①散文集-中国-当代
Ⅳ.①I267

中国版本图书馆 CIP 数据核字(2017)第 149993 号

出 品 人　黄育海
责任编辑　甘　慧　李　殷
装帧设计　汪佳诗
封面摄影　傅　博

出版发行　人民文学出版社
社　　址　北京市朝内大街 166 号
邮政编码　100705
网　　址　http://www.rw-cn.com

印　　制　上海利丰雅高印刷有限公司
经　　销　全国新华书店等

字　　数　110 千字
开　　本　890 毫米×1240 毫米　1/32
印　　张　8
版　　次　2017 年 8 月北京第 1 版
印　　次　2017 年 8 月第 1 次印刷

书　　号　978-7-02-013078-8
定　　价　49.00 元

目　录

Chapter 2 幕后人生

Chapter 3　单口相声

附录　***《南方人物周刊》专访***

序

　　这本书，说起来是一本"演员的库藏记忆"，其实就是一本"闲书"，如果被你闲来翻翻，也就顺便知道点"闲事"，天下的闲书，不胜枚举，太多了，能翻着的，就算"有缘"，算"神交"了，谢谢。

　　有学问的人写书，像安安静静的聊天，却"掷地有声"，我写的书，不用人告诉我，我早就知道，是属于没学问这一边的，属于"囫囵吞枣"型，翻完了，就翻不出什么来了。那我还出书干吗？到今天我也没明白，人家建议我出，我就出了，就像演戏，经常是人家要我演，我就演了，不挑戏，不等戏，"戏"来"戏"去，百味杂陈，等一切都过去了，才知道哪些是"陈芝麻，烂谷子"，哪些是"挑战"或"混战"。大多是初具腹稿的即兴表演，收放太自如，自由得……自由得都被拘束了。

　　有的时候我真觉得，"坚强"只不过是心里头飘过的一个词，或者是由人的手写出来的文字而已。包括"浪漫"，何尝又不是如此，"虚无缥缈"还是"白纸黑字"。走进还是待在外头？自己明白。在很多领域里，真的在瞎逛、瞎溜达的人，其实也不多。

　　这本闲书里，如果还能感受到什么高明的词儿，跟"思想"又沾边儿的，都不是我写的，是我多年来深爱的两本书，叫《静思手札》，叫《省思杂记》，听这名字，好像比我这本书还闲，其实不然！它们是有学问的人多年来慢慢存出来的、长出来的"话"，被我直接、或者引申、延伸地用了，它们的作者叫"黑野"，其实他又白又胖，这是笔名，真名应该是台大中文系资深教授柯庆明，他写了一堆书，多半我看不懂，就这两本，深得我心，深受影响，像老朋友、老师、老哥儿们，特别谢谢他。

2007 年 7 月 10 日于温哥华

Chapter 1

演员的库藏记忆

回忆《那一夜，我们说相声》

有心栽花花不开，无心插柳柳成荫。

一九八四年吧！我还在靠全省"走透透"的到处作西餐厅秀为生，同一年认识了从美国学戏剧回来的赖声川，大家一见投缘。

本来，赖声川曾经和兰陵剧坊的金士杰、李国修讨论过一个想法，他觉得"相声"这个文化在台湾好像消失了，或者说"死了"，当时那个十年左右，确实在媒体里，已经极少听得到相声的表演，上一辈精彩的相声演员，去演电影的演电影，开集邮社的开集邮社，到美国移民的移民，其他的相声演员也多半因为生活所迫，为了糊口，能改行也就自然地改行了，所以各种北方相声、南方滑稽、说说唱唱等节目，渐渐地真听不到了，而且有十几年的光景，没了！

我在刚出道的那几年中，二十八岁那年吧！参加一部电影的演出，巧遇了小时候的相声偶像演员，魏龙豪先生。我去跟魏叔打招呼，表示敬爱之意，魏叔也知道我这个新演员，不见外地聊起天来。我当然也像现在有许多人问我一样的问题，我也很关心很期盼地问魏先生："为什么这些年在收音机里都听不到你们精彩的相声表演了？"我现在还记得很清楚魏先生百感交集的表情……重点就是说，环境不行了，新段子难产，老段子听多了，收入过于微薄，社会地位偏低云云。同时也很感慨地说，许多好友也劝过、鼓励过他们继续坚持下去，包括葛小宝先生也曾三番五次地激励过他。但是，他还是不后悔不再讲相声了，所以他们那几位也就各奔东西各自生活去了。

话说当年赖声川与李国修、金士杰在兰陵剧坊相识，合作过，彼此都颇为信任，本来是他们三个人要做一个相声剧，主题是"文化"这个东西，会因为一个时代的需要应运而生，但是不再被需要的时候，"文化"这个东西就会自然地、悄悄地跟我们说再见了，"文建会"也好，"文化部"也好，花再多钱想去复兴它，或者挽留它，也未必有用。这个主题不错，换句话说，他们想用一次"相声剧"的演出，来表示对相声在台湾消失作一个哀悼，就是替相声写一个祭义吧！这就更好玩儿了。

可是金士杰当年得到一个基金会的赞助，到美国游学去了，声川和国修就找上了我，一聊，我说好哇！相声我从小就爱听啊！可是爱听不表示就能讲啊！更别提怎么编写、怎么创作啦！于是，三个人把当时海峡两岸所有出名的相声演员的录音带，收

表演工作坊初创时，三人拍《那一夜，我们说相声》宣传照

集了个差不多，开始听，听了又听，记下笔记，讨论，我和声川又去听过一次魏龙豪先生的演讲，谈相声的结构法，最主要的还是三个人听了很多的录音带，而且还有心有意地去里面找方法，找为什么。

找了一段时间以后，也不管是否有三年拜师，五年出师，或者什么"说""学""逗""唱""捧"等相声的基本动作一定要纯熟啦等等条件，就凭着赖声川，一个让我们俩信得过的舞台创作导演，还有国修编、写、演过电视短剧，我也演过不少短剧和两千场左右的西餐厅秀的经验，再加上我们对相声的热爱，就不论成败，也没什么压力的，便开始替相声写起"祭"文来了。

说起祭文这个意思，让人觉得生命这个东西"生与死"的关系，往往透过某一种仪式性的东西，或者说，一篇有感情的祭文，或者说，重新演义出死与生的关系，或者说，就当他还没死，还在活着。这是种虚中带实、实里又带着几分诡异，然后手法上又是寓传统于现代的，以相声的方式说出来的语言戏剧。在我们三人初生牛犊不畏虎的心态下，该做历史调查的去做历史调查，有感而发就别憋着，每天嘻嘻哈哈地工作到深夜，有的时候愁眉深锁地去设想一个包袱到天明。

由于没人逼着我们硬要做什么，由于票房的压力不存在（那年月舞台剧能演出就不错了，没人去想票房），由于三个人的创作理念接近，也由于三个人都还年轻，我最老，才三十三岁，都还很有闯劲儿，经历里也都有足够的热情，不急不忙，也不浪费时间，用了半年的时间，删掉了大约四倍的长度，最后变成了我和国修在台上演出的长度。

国修的思想够现代，表演语言非常精准，具有我完全没有的一种情绪组合的方法，他在《台北之恋》的段子里述说了一段只有一个钟头的恋爱故事，语气特准、节奏特准（不是一般人的节奏）。在《电视与我》里替我帮腔的表演，更是浑然入里与说者完全合一，我在帮他的《台北之恋》中，便显得暴躁过多，谛听较少。在那两个段子里，我对国修无形的表现，百听不腻，每每赞赏。

当然，如果没有二十八岁就获得柏克莱戏剧博士的赖声川的旁观、监督、规划，凭我和国修的表演经验和自创的能力，就不太可能长成如此的形状，我们三个人的幽默感，也未必就能发酵起来，以至于让久违的台湾相声得以复苏吧！

大部分的创作，多半是由逻辑来领导感觉，也有的作品是感觉影响逻辑，我们大概是属于后者，师出无门，自摸自学，勉强算是个"野人献曝"。

大陆近年来的相声创作，也有式微的现象，可能也是过于重视逻辑，不知不觉地埋下了迷失的种子。最近，出现了一位郭德纲先生，表演相声的经历非常丰富，台上的"精、气、神"相当好看，希望他未来能够愈来愈好。

2004 年 10 月

赖声川·"二十年一觉飘花梦"

　　一九八三年，赖声川刚回台湾不久，替兰陵剧坊导演了一出非常亮眼而感人的戏《摘星》，很自然地，他开始为台湾的剧场绽放希望。接着《那一夜，我们说相声》《暗恋桃花源》《圆环物语》《西游记》，还有《回头是彼岸》《台湾怪谭》，加上他在艺术学院戏剧系（如今的台北艺术大学）带着学生完成的一出出舞台呈现。直到去电视公司，反刍他多年的舞台创作经验，制作了一年多的《我们一家都是人》的每日"电视即兴剧"。

　　直到拍了一部很成功的电影《暗恋桃花源》；我说它成功，不仅是它在东京和柏林都得了大奖，而是银幕上的《暗恋桃花源》，拍出了舞台上被观众笑声掩盖过去的"生命中的无奈"和剧场里被喜剧节奏抢掉的一种"慢"调子，那个"慢"制造了许多艺术氛围，留下更多让观众可以自我联想的空间。《暗恋桃花源》是我们一起创作出的舞台剧，也是一部我喜欢的电影。

这些年，由赖声川主导的表演工作坊推出来的作品，并不一定都是箭无虚发，有些戏，包括我自己曾经参与创作与演出的，都有让人看不下去的地方，只是观众可能太宽厚了。人生如戏又如梦，醒来犹如在梦中，台湾剧场随着岁月，产生了无数种时代性的风格，以及各种不同色彩和形式的花朵。在其中耕耘的人、荒芜的人、消费的人其实都不太缺乏；唯独比较缺的，就是"剧场施肥者"，或者说是"提供新的耕耘法者"，使剧场文化这块大地，能够更长久地生存下去。这种人难找。

赖声川的《如梦之梦》长达七八个小时，酝酿了五六年，细火慢炖，周周折折。在技术上说，编剧太难了，不只难在到哪儿去找这么多合情合理的故事，也不只是到哪儿去找这么多的人力和物力；而是故事愈长，给观众带来的疲倦或压力可能就会愈大；演出时间愈长，台上台下舞台的技术、剧场空间的受限和考验，也会随之增加。如果以上的问题都没有发生，或者还能让人赏心悦目！那么剧场文化的魅力，才能更增加一道希望，一道通往剧场的无障碍空间。因为，老旧的舞台形式，容易让人失去感觉；新颖却又不能得体的形式，又让人扼腕。

《如梦之梦》故事的起源，来自佛法的提醒，这倒不一定就是这戏的珍贵之处。对赖声川的佛法素养来说，就算没看过《西藏生死书》，他也可能在"诸法皆空，自由自在"的某次灵动下，把剧场里的故事和空间，搬到任何一个地方去成功演出。重要的是，原来剧场这个"人为"出来的空间和实物，也是可以没有限制的；既然如此，在剧场里说故事的方法，便可不再受限，而大开方便之门了。对《如梦之梦》剧的编导而言，多年来的赖声川，是在生活的学习和经历中，先拥有了千斤之力后，才能在剧场里玩这种"四两拨千斤"的高级呈现，漂亮，无可批评；高明而又留下许多未尽的空间，可能让后来者真的可以放下许多心，往更深的旷野走去，而不易迷茫了。

　　如果看完了戏，硬要给点意见，那么个人之见是：这出戏，排戏、磨戏的时间，或演员表演的基本能力，如果可以再加强，那这么多辛苦的演员，将会获得更多倍的观众掌声。这一次的演出，演员如果有我，不论戏份多少，我也会荣幸地觉得躬逢其会。因为赖声川的自私和自以为是，在这个作品里，干净而漂亮地用他的专业和艺术判断打动了我，那么，我的自私和自以为是，似乎也可以在自己的表演世界里，试着更不设限了（任何一个作品里，少不了会有一些自私和自以为是。人与人之间，也难免了）。

　　把人性的五毒，转为五种正面的能量，本就是赖声川从佛法里体会到的一种创作企图。这种思维上的企图，如果本身修养不够，作品的说服力、感动力容易显得低，甚至于会有"大而无当"的地方也是很正常的，赖声川其实回避掉了这个挑战，没有正面触及，人之常情；所以他的《如梦之梦》，与其说是他个人二十年的剧场经验总结，我倒真觉得是一篇剧场"思维"与"执行"之间的高级"论文"，一篇想法与做法蛮合一的创作性论文，

《暗恋桃花源》剧照

可以为许多种不同的剧场文化，施下一些新鲜的肥，对剧场空间的运用，有相当的解说性、灵通性。这种人不多。

　　恭喜"国家剧院"花了这么一笔小钱，成就了台湾剧场界一件不小的大事，这事就算没有太多人知道，就算是亏本了，都是做得很对的事。更好的花朵，自然是留给后人来开。

2005 年 6 月

情绪领导感官

　　已故的前辈演员雷鸣雷老师，与我相识得不算早，但是几个戏合作相处下来，也有十年八年左右，在做人和演戏方面，让我有很多收获和体会。随便举个例子吧，看他自己画老人妆，只需两支眉笔，一支黑色，一支咖啡色，就慢慢地把年龄增加了二十岁。

　　他说，化妆讲求"合理"与"自然"，不需要画的地方切勿乱画，否则看起来就像一只猫在演戏，该画的地方要准确，并且把线条擀柔了即可。精练的演员一上场，在谈话之中，他就变得更老了。

　　就谈雷鸣在侯孝贤导演的《悲情城市》里的一段戏吧！他靠在墙边，斜着头，穿着四十年代的西服，略一沉思，把嘴里的烟头一丢，淡淡地跟旁边的手下使了个眼神。接着下来，就见手下动手把人枪毙了。跪在地上吓得求饶的是陈松勇。

　　整场戏沉默而震撼，有气氛，在雷鸣的表演节奏引导下，表露出精准的情绪，成为我心里记忆深刻的一段表演。事后多年，我问他为什么这样演，他说："我看过这种人。"

我吃惊，又服气，哦……他亲眼看过这种人，那不就像写生吗？在记忆里重新呈现一次，生动的情绪记忆，造成了一段漂亮的演出。

后来我把他那一段表演的节奏和情绪记忆下来，在许多次不同的戏里一用再用，都很成功，就如同掌握了一句成语或谚语，用对了许多地方一样的"爽"。而且当别人恭维地问我怎么会那样演的时候，我没说是从雷爸爸那边学的，反而说："我看过这种人！"看着他们听到这回答的表情，真爽！

雷爸若知道了可能会笑着踹我一屁股。

我真感念这样的一份情绪记忆，虽然这种情绪记忆不是来自我自身的体验，而是来自采访，但对我而言依然实用；这就像师生之间有一个教材，所以就很踏实地搜集了一项演员"库存记忆"。

凭良心讲，我的情绪记忆，多半来自本身经验以外的注意和留心，大家细细想想，谁又何尝不是呢？人的一生能遇到几次完全不同的事件？听来的，看来的，还是居多，只是要看演员个人的体会和用心与否，这是一个演员的基本功。

有的人连这种基本功都不用，凭空站着，眼睛的流转里，神采和戏都出来了，那太神了。你不能说他是碰运气，因为他还经常都很准，没有什么失误不会岔题。

妮可·基德曼就是这一种演员，在《红磨坊》的演出里，变幻多端的妓女心情，令我惊讶！她哪儿来的这么多种体会？有人领路？还是诠释角色的人给她极精准的功课去做？还是像我刚才说的，她站在那儿一想，戏就上身了，而且还能来好几回？

答案我当然不知道，但是她的精彩的程度，就会让我这种平凡的演员，有了这样的臆测。

算了，别自己瞎起劲了，不能因为喜欢一个演员的表演，就把理论和感觉搅混了，我还得有根有据地吃这行饭呢！

但是以上的想法，其实也让我提醒了自己，表演的能力，原来就有先天和后天之别啊！关于先天的部分，你一点辙也没有，气死也好不过他；关于后天的部分，则是一点一点的人生积累：见到人哭了，你去关心关心，哦！就顺便知道为什么了；听到哪家出了什么事，你去照顾照顾，亲自理解一下，就又知道了一点。关键是要真的去做，才有比较真的体会。

你若不太能去关心人，起码要把习惯性的主观揣测，先关上一下，也好把另外一种客观情感的表现，来学习一下。如果你接得准，对人、对你都好，接别人的心谈何容易，而且要真接，时间接长了，你就成了某一种"他心通"了。唉哟！那能耐可就大了，这么说的话，演员这个工作，还挺实惠的啊！天不早了不瞎扯了，下回我们再来聊聊情绪记忆以外的"感官记忆"。

2004 年 4 月

感官记忆

　　"感官记忆"的意思，当然是从一个人的官能上的感受作为出发点，听的、看的、摸的、挨的，当然也包括水淹的、火烧的……

　　四岁多的时候，家住在台北信义计划区的东边，象山山脚下的一个眷村"四四南村"，一家五口住在一个十坪左右的房子里，还挺幸福的。有一个三四坪大的小走廊与隔壁是通的；因为房间小，一般做饭都是在走廊里做，隔壁在做什么菜，你家在做什么菜，都知道。

　　爸爸要很早起床，吃完早饭要骑脚踏车到"万华"去画玻璃花瓶，我看他从家里骑去万华，至少也要一个钟头吧！肯定很辛苦，所以妈妈就更早，大概五点左右就得起床为他做好早饭再叫他起来吃。我呢，有时也起得早，或许是妈妈故意把我碰醒的，在天还没亮的时候陪她生火、做饭。有的时候生木炭火，有的时候生煤炭火，经济稍微好的家庭可能会生煤油炉，我们家没有。有的时候，炉子坏了，用铁丝裹了再裹，泥巴糊了再糊，终于不能用了，就把它打碎铺在泥泞的臭水沟旁，听说还能除臭。最穷的时候，就是用奶粉罐子来当作火炉，上方是开口，架一个铁圈可以进空气，里面倒一点从公家医院要来的酒精，省着用，一小锅稀饭或前一晚的剩菜，就可以都热了。

　　我呢，这一天也起了个大早，不是在走廊，因为太早妈妈或许不愿意吵着邻居，也因为酒精燃烧很安全，没有什么污染，所以就在屋子里做起早饭。我在旁边一会儿帮妈妈拿拿这个，一会儿拿拿那个，一会儿蹲着看火，一会儿起来跟着妈妈，她走哪儿就跟到哪儿，后来稀饭煮好了，妈妈把锅端走。我蹲在奶粉罐子炉旁边，看到炉子里的酒精没了，火灭了，这个忙我总可以帮帮了！二话不说，拿起旁边的酒精瓶就往炉子里倒，才烧干的奶粉罐子炉，多热啊！怎么可以碰到酒精这样的易燃物呢？我才四岁，哪知道这么多，尽顾着显能耐了。

　　酒精才往里一倒，就听到轰的一声，接下来就是全身被火烧着了，因为是蹲着的，所以火一蹿上来就烧满全身，我还没有感觉，连眼睛都是睁开着的，还看到火的外面，妈妈在屋子里跳着脚狂喊着爸爸的名字，爸爸在睡梦中被这突然的惊叫声给吓醒了，猛地在床边坐起，想了半秒钟，拿起一张毯子就扑过来，接下来就忘了。再记得的，就是邻居有个很疼我的张伯伯，抱着我往医院跑，直到那时候为止，我还没感觉哪儿疼，也没哭，就是脸好像有点疼又有点痒，想用手去抓，双手却被张伯伯抱得紧紧的，嘴里还直对我说："孩子啊，千万别抓脸！"现在想起来，我要是一抓了脸，皮肤再生就会有影响，可能现在就不是做演员而是做别的行业了，也有可能在洗车，如果真是在洗车，那现在大概也应该退休了，哪需要离乡背井到大陆来，长年累月地拍电视剧？我不是觉得没去洗车可惜了，也不是因为在大陆长期拍戏而抱怨，还有更多台湾的演员，很好的演员，还没戏拍呢！那我是什么呢？我只是想到了说说而已，想到了说说算什么感官行为呢？您去想想，我还真不太清楚，它有好几层感官。人嘛，可不好当着呢！

张伯伯把我连跑带哄地抱到医院，我感激他一辈子，只是后来忙着长大、搬家、做事、结婚，一直到回忆起这事，我都没去看过他、向他说一声谢谢，好无情啊！人怎么会这样？还是我不记得我说过谢谢了，真是够无情的。他如果还在，现在应该有九十多岁了，不能再想了。多重的感官是可怕的。

在医院里浑身包满了纱布，回到家里，只露着眼睛、鼻孔与嘴巴，也不知道惊恐，根本都没什么感觉。天早亮了，门口挤着一堆大人小孩瞪着稀罕的眼光看着我，像一只动物坐在家里，小孩们更是用害怕的眼神看着，我可神气了，平常哪能这么被注意啊！趁着这个造型来之不易，赶快吓吓他们。坐在椅子上，大人一边让我小心张嘴吃口稀饭，我却嘴里含着稀饭，很满足地突然张嘴向门外的小孩们"哇——！"地学一声老虎叫，那个时候的纱布是咖啡色，所以还挺吓唬人。小孩子们还真有默契地往后一退，大人笑了，我得意非凡。那时我四岁，至今回想起来，有如在感官上做了一次重要的经历，对我来说是件大事，要不然，怎么会忘不了呢？

感官的刺激，就表演来说，可以形成一种单纯的记忆，感官被刺激的同时，也刺激了环境，经过这样的观察和相互的欣赏（欣赏二字当然有主客观之分），自然就对演员的记忆发挥了影响。重点是影响了表现，情感表现是演员不断要学习的事情。

下回再聊点别的。一个人的故事不会太多。

哦！对了，我现在全身，除了右手大拇指下方有一点点火烧留下来的疤之外，其他没有一个地方留下痕迹。

爸爸真伟大，再向张伯伯，深深一鞠躬。

2004 年 10 月

欧阳锋是这样演的

在念初中的时候（一九六四年至一九六六年），班上全是男生，没听说有人爱看琼瑶小说的，虽然那时她的小说是最畅销的书之一。我看琼瑶小说是在小学时候，家里两个姐姐都曾爱看过，让我去小说店帮她们租回家，钱是她们出我跑腿，顺便可以要求为我自己租一本侦探小说，或者游击队的小说看看。

初中三年，刚开始发育，我们班上有人看黄色小说，在那个时候资讯缺乏，看一本半本的黄色小说可是个大事，同学们都装作很老到，不稀罕，其实是个个血脉贲张，但是没多久就变成过渡期了，因为实在也没那么好看，取而代之的，延续不断的，还属各门各派的武侠小说。

武侠小说我看得非常不多，几本而已，一直到当了演员，轮到我演《倚天屠龙记》时，我才去认真地看了金庸先生的原著。我演的又是一个角色非常轻的朱元璋，一对香港的夫妇是编剧，他们刻意地把朱元璋在明教里的与人斗争的篇幅加多了一些，使我可以挥洒的地方也就多了一些，我就把朱元璋的军事才能以外的政治才能在别的资料上翻书查阅了一番，不好演，想想一个武功并不高强的军人，要跟明教里这么多的武功高手斗智、斗心，又斗政治（其实都是同一种斗），自己演起来格外低调，体会到很多政治人物的"难为"，与体验生命的方式有多么不同，对我后来再演到有关人与人斗争的角色时，助益良多。《倚天屠龙记》，第一本细看过的武侠小说，对我的意义大半就是这个。看起来我好像没读到什么"武侠"，其实已经透过朱元璋这个角色，把"武侠世界"用心、用脑去浏览过一次了。

不久，轮到我演的第二个武侠剧又来了，这回是《神雕侠侣》，所以再找来金庸先生的原著，仔细看。好看，一本专讲爱情的武侠小说，爱得眼睛里永远不会有第二个人出现的小龙女，很吸引人，也很有武侠的侠味儿。但是我的角色是饰演西毒欧阳锋，武功高强，坏人的时候居多，但是仔细研究研究，揣摩揣摩，这个角色和丐帮帮主决斗的过程，却充满了侠味！甚至，让我从"侠"与"禅"当中找到许多可能性，侠与禅之间是可能有桥梁的。

金庸的武侠世界，透过他自己当年记者式的走访生涯，历史、地理、民情风俗够熟，在报导文学的丰富经验中，写出一个报导文学之外的武侠创作，说难没这么难，说简单又绝非不用功便可天成的另一种"文学"。许多我们学生时代，在比较文学的推崇文字中，很少看到金庸的名字，时过境迁，乃至于五百年后，当余光中、郑愁予、张爱玲、陈之藩，乃至巴金、鲁迅，不再如今天一样被广为人知、广为研究的时候，而金庸的消遣式的武侠小说，可能会存在于全世界的网络上，用十几国的语言在为人们传说着。源自中国文化的"武侠世界"，是偶然乎，是必然乎？还是每一个偶然都有它的必然性？算了，不要这个嘴皮子。总而言之，演了金庸小说的人物之后，对金庸的创作力全然改观了。这么说，就对了。举"西毒欧阳锋"这个人物来说吧！

年轻时候的欧阳锋武功已经相当了得，年轻气盛又贪功，大概属于武艺高强、"武德不够"的人。如果"雄浑"是中国古典美学里的好名词，那欧阳锋年轻时最多只做到了雄而未浑，因为雄浑给人的感觉应该是，"雄"代表一种力量的表现，"浑"正好是把力量完成一种消融，内敛而深蕴，心态上、行为上都应有一种举重若轻之态。可是欧阳锋动不动就会剑拔弩张，声色俱厉，嚣张、狂放，从大侠的身影中约略、偶然出现的一点浩然正气，也给一个聪明的女人给气"疯"了，而且是真疯了，起码疯了百分之九十五，另外还剩下的五，大概就是时有时无的武功和天下人都不容易完全忘光的"亲情"——儿子。他失去了儿子，不能接受，常常把各种记忆"移植"在魂牵梦系的儿子身上，到处找儿子、认儿子，在暴力的疯狂行为中，他还没有忘了这一份情的影响力。再来就是武功了，他疯了以后的思维是乱的，但是毕生追寻武功的潜能却依然俱在，这一点是难得又难得的一点。

当他和老叫花子在雪山的山洞里，二人都重伤了，透过年轻人杨过的身手来当他们的翻译，照着两人的嘴巴或手势比划出来

1998 年于云南丽江拍摄《神雕侠侣》饰演欧阳锋

的招式，还在比！看谁能破掉谁的招，最后丐帮帮主用竹竿在地上横地一划，比出了丐帮武功的最高一招，"天下无狗"，欧阳锋傻了。这时候的欧阳锋的专注，生命力是他一生最凝聚的时候，他想了半天，一盏茶的工夫，才令义子出了另外一招，居然把"天下无狗"给破了，老叫花子率性地、满足地对欧阳锋说："好一个欧阳锋，你真是疯而不疯啊！"两位大侠，居然一笑泯恩仇，然后一起圆寂了。绝！

　　杨过虽然认为是欧阳锋想得久了一点，应该算欧阳锋输，实不尽然，老叫花子从不认为有人能破他这一招，但是看到欧阳锋的回招，服气，同意他被破了。他们到底在干什么？这个行为，让我想起一种人，就好像许多得过当代棋王的人，后来被年轻的棋王取代盟主的地位之后，为什么还在自己家里，一盘一盘地在跟自己下？又不需要准备大赛了，干吗那么勤快？是兴趣吗？那也不需要这么忘我地下啊！我想，他们就是不能停止追寻，追寻到一个无尽的边际，能写下一个，属于他们个人，可以流芳百世的棋谱出来，这样就达到一种争一时也能争千秋的状态，雄与浑皆能俱足的境界。

　　就像禅门里说的"泰然自若"，就是随时、随地都能让自己的专注力完全投入，这大概就是某一种追寻的快乐吧！演戏也是一样，不管你在演哪一种戏，全神贯注了之后才能随意地拨弄。我的欧阳锋是这样去演的，只是不知道看电视剧的人，感觉能与我相会否？

2005 年 1 月

一朵山花，还会开

　　我在电视剧《神雕侠侣》中扮演"西毒欧阳锋"的角色，发疯的欧阳锋，衣衫褴褛，披头散发，我自己替他画了一双浓眉，浓得像日本能剧里的大宽眉，黑黑的眉，破衣破鞋，在云南丽江的玉龙雪山，拍摄我跟丐帮帮主生死决斗的一场戏，镜头很容易就可以拍到我们背后奇形怪状、乱石嶙峋的山顶，积着雪直到山腰，我们在雪地里打斗。山腰积雪的地方，往下走不到两百米处，有一个在三棵松树间搭起的棚子，冒着些许炊烟，我看不算远，就攥着手，耸着双肩，小跑过去避避风，哪怕能要到一杯热水喝，也算一大享受吧！

　　跑到小棚子的门口，见里面有一个女孩儿，约莫十九二十岁吧！大概是彝族的妇女，在二十平方米左右的小棚子里，替修筑缆车的工人做着晚上的饭。她穿着一身彝族的手织粗布衣，长年累月的油和草木的黑灰，已经看不出衣服上的花纹，头上戴着一块红白蓝相间的粗布，像帽子、又像头饰，还看得出是什么颜色，自然又美丽；经常干活的关系，她的双手充满劳动的纹路，身材略瘦而健康，动作利落又轻雅，脸颊红润有光，大而安静的眼睛，可以发亮，也可以收回，长得相当娟秀，"普通话"说得不错，谦卑有礼，看了舒服，会想多看两眼。要完了水喝，我还借故不走，一可在小棚子里躲风，二可以和她多聊两句。

她又给我倒了一杯热水，我就更不走了，一边喝着水，暖着双手，一边问她一些山里的事，她偶尔弯腰、拾柴、添火，偶尔回头听我说话，火光映红了她的脸，我都想出去替她捡点柴火回来。算了，身份不对。她问我："你演什么人？"我说："西毒欧阳锋，发疯了！"我问她像不像，她说："不像！"我就演给她看一下，她高兴地拍着手，笑着说"好像"，她高兴了，我整理整理头发，也高兴着，虽然观众只有一个，剧场也不大……台上台下，充满了和谐。

她很大方地找出一本小小的歌本，翻到一首歌，很礼貌地问我会不会唱，我拿过来一看，是《摆夷的姑娘》，我说我小时候就会，她说："你唱吧！"我就唱了，弯弯的藤麻哟——活泼的鱼儿游呀！游呀！游在清水中，美丽的山茶花呀——摆夷的姑娘，愿呀！愿嫁汉家郎——我怀着小时候清晰的记忆，用我的嗓子，转播给她听。听完了，看见她还在那儿，双手放在两颊边，小嘴微张，眼睛亮了，依然惊讶地听着。我问她好听吗，她居然有所动容地说："好听。"当然好听！我自己都觉得好听！对她而言，我唱的等于是某一种原版了。我估计再待下去，她会留我吃饭的，那就不好意思了，我又借故回去要拍戏了。欧阳锋，缓缓走出小棚子，心里暖暖地走在树林里，回头看看那小屋，淡蓝色的炊烟，更淡了，饭大概熟了，我快步走回拍片现场，收拾了心情，准备大战丐帮老叫花子。

我常在想，生活中那样的快乐，虽然可遇不可求，但是并不算少见，有一些感觉是永恒的，是不分亲人外人的，只要保持轻松的心，完整一点的人格，是否白发，是否发疯，是否手上有皱纹，岁月是否发黄，其实——是无所谓的。而是那些过往的日子和未来的岁月，在精神的内容里，还会完整吗？

2008 年 2 月

没有"规矩"，才天真

　　我的小孩所上的小学，有选修表演课。他现在五年级，前两天校庆，老师邀请他表演一段《堂吉诃德的时光宝盒》，剧本的含义是由老师来架构的，相当好的故事，小朋友们也都熟悉这个人物，台上台下没什么陌生的或者不懂的东西。我的老三负责演堂吉诃德，在台上五秒钟之内要由青年武士走几步路就要变成"愈老愈好"的武士，光是这一段戏，对一个在表演上刚开始牙牙学语的小孩子来说，多半是带着游戏和家家酒的成分去表演的，但是只要在舞台上，灯光再一打，"戏"，也就算上演了，看得台下的家长和小孩，人仰马翻、笑声连连。

　　像这样简单而有效果的演出，自古以来就在各种不同的民族、社会、时代，或任何一个生活中的角落里不断地发生。小孩子，对表演这回事刚刚开始理解，其实对什么表演理论、规矩都还不懂，就是出于游戏的一种心情，好玩为目的，透过老师们的

电视剧《守着阳光守着你》

逻辑，环环相扣，便可有些看头了。

什么原因让这么没经训练的表演可以这么讨好呢？就是因为他们还不懂什么叫"规矩"，没有"比较"，没有太多约束，好玩，愈玩愈体会到一种"扮演"的趣味！因为还没有被太多规矩锁着，所以处处可能流露出"天真"和"违反常态"的效果，将来，如果这孩子正儿八经地学了一些表演之后，说不定还没现在演得好看了。

但是，规矩迟早还是要学的，没有规矩，干什么都不行，有了规矩，干什么都"像不像三分样"。但是看到小孩子们想哭就可以哭、想笑就笑、想说就说的自然行为，有时真舍不得去随便教他们一些规矩。比方说，"你在台上声音要大啊"，比方说"说台词时别背对观众啊"，比方说"排戏是很重要的，不可以不认真"之类的话，总觉得太早跟他们说这些，会坏了他们表演的心情，他如果只想"涂鸦"，你就还不能急着教他如何"勾脸"，但是他也有好强心啊！也知道这是在人前表现啊！他小小的心眼儿里，如果真来劲儿了，你得告诉他点什么才好啊！

难哪！我演了一辈子戏了，身上还扛着一大堆"规矩"，还经常都不知道手该放哪，眼该看哪儿呢！"规矩"对我来说，来得不早不晚。二十一岁开始学习，接触戏剧表演，一头就扎进去了，无比用功，满身、满脑子，绑了一些书上看来的、别人指点的、同学商量出来的一些"规矩"。可是戏演得就是不好看，最好的赞美，也不过就是"嗯！你演得很认真"，或者是"你演得很小心，看得出来"。我就不能演得不小心一点吗？我就不能把那个"要好心切"的东西丢掉一下吗？

能，当然能，但是，得先把规矩学对了，如果学错规矩了，可能演了一辈子戏，也只能停留在"自我感觉良好"上，或者停留在"失之交臂"上了。但是，经常的"自我感觉良好"和"失之交臂"的表演，也会被不少人称许甚至津津乐道一番，你说奇怪不奇怪？是不是因为观众的心情好了，看什么都好，心情不好了，看什么都没味？

人生如戏，戏如人生，何谓人生，何谓戏？里头的事烦着呢？吧！你还不能烦，每一出破戏都有它的甘苦谈；每一出好戏，肯定也有它的未尽之处。倒是那些花了好多时间，积累的规规矩矩的东西，要等到什么时候才能被你或我，规规矩矩于其内，游神洞心于其外，自由自在地表演，从心所欲，而不逾矩呀？

2004 年 7 月

松·开

　　一个演员，每当他要去演一个角色，或者说是去诞生一个角色的时候，总是会先在自己所知道的、或者所记得的人里面去找到一个可以让他模仿的对象，通过模仿，再加上练习，把练习变成一个习惯，由习惯转换成一种能力，好像才能在观众面前，表演出一点点不同的东西。

　　可是时间长了，演出的经验多了，渐渐地就不像当初那么用功了，愈来愈快地会替一个角色迅速地下一个诠释，建立好一个轮廓，再用日久熟练得来的技术，很容易就可以自以为是地去演出了。虽然如此，说不定还是能得个满堂彩，因为观众未必知道这个演员的全部过去，不一定能分辨出他这个角色是重新创造的，还是驾轻就熟的，甚至于是自我抄袭多次的一次演出。他可能只是看到一个演员，内外连接的还蛮流畅的一次表演而已（当然，这已经算不错的了），而这个演员到底用了多少功，还有多大能耐，观众未必会了解，也没有必要去研究这个。但是，时间再长一点，一切真相也就会浮现出来了。

我的意思是说，虽然好与不好的表演都是表演，南辕与北辙的努力都是努力，对一个演员来讲，重要的已经不是如何能够替感情换衣服而已，重要的是，多年来的我，是不是在悠悠的岁月中可以觉察到，不成熟的我是否在逐渐地成熟。如果有，那么，喧哗式的表演态度，或者沉默式的表演态度，都可以如雷声一般，震撼到人心的。我凭什么敢这样讲？因为我年头也不少了，我看过这样的演员，也看过"只是"这样的演员。当然，在生活中，也有许多这样的人和不是这样的人。

我把话题转个弯儿。

近二十年来，我很喜欢看日本的"大相扑"，看到那些壮硕肥大的选手们，在台上台下的心情和状态，人前人后好多地方都有点像"演员"。不苟言笑，专注无比，为求胜利，所有的辛苦不能挂齿，疲倦的时候要装作很有精神，状态极佳的时候，要装成好像一碰就会翻过去的乖宝宝。对方用搜寻式的眼光瞄过来，自己还要用反搜寻式的眼神反瞄回去，你来我往，战斗前战斗后，内心的活动，都不让它存在于外表，反正不苟言笑到底，这点很像是动作派演员，愈沉默愈"酷"。

而相扑选手们，"君子无所争，必也射乎"的风度和行动，还带着"揖让而升，下而饮"的胸怀，回家是否挨教练骂，或者是几家欢乐几家愁的比赛成绩，都不可以留恋，还是把它忘了，专心地把比赛一场一场地完成演出，这一点，又像是许多演员必须用平常心接受媒体批评的一种生活态度，面对现实地过下去，演下去，演到演不动了，光荣下岗，老来凋谢，就视为自然了。

我为什么要拿"相扑"来跟"表演工作"做比较呢？没什么，因为我喜欢看相扑！其实天底下有许多专业项目的内在训练，都跟演员类似，都要讲究体魄的锻炼，精神上、思想上的锻炼，继而反映自己的生活品质等等。

一个够放"松"的演员，就是在表演上懂得放松的，他的耳朵一定很"开"，不是耳朵长得很大的意思，是他很能够清楚地"听"到对方的各种心情，当下加以判断和拿捏之后，第一时间内，又可以决定自己用什么情绪以及什么节奏来应对回去，完成一次所谓"严丝合缝"的接球传球的演出。

那么相扑选手，除了要力大无穷，还得要心情轻松、身体放松，放松到当自己的身体和对方的身体接触到的时候，完全地可以用身体"听"到对方的劲道在哪里，重心在何处，然后加以攻击，或诱击之。那可是要千锤百炼到泰然自若的样子，也就是说，不论环境是如何如何的不理想，他还是可以随时随地让自己能够完全投入，全力以赴，心无旁骛。这一点，不就像一个演员一般，走遍千山万水，不论环境如何差，随时随地都能让好戏上演，谱出生命的旋律，演出人世间的百态，而且能得到观众的满意与欢声。纵使没有人满意，我心要真能明白，真能听见，好像是学无止境的，我喜欢这种练习，这种境界，虽然我还经常是在用蛮力表演，虽然我还差得很远，但是就像刚才说的，和许多其他专业一样，只要努力下去，反省下去，一个老演员未来的路，还是有地方可走的，只是看谁能够表现出举重若轻、泰然自若了。

　　除此之外，对于表演，我还能怎么说呢?

　　虽然我还没演完一辈子。

2004 年 8 月

如何让你笑

　　我记得第一次在南海路的植物园艺术馆演话剧，大约是一九七三年，有三十二年了，一九七四年也在那里演，植物园艺术馆的场地很适合演戏，早期许多大专院校的话剧团、京剧社、军中话剧、地方戏曲、国乐演奏都曾经大量使用过那个场地。我和表坊的第一出戏《那一夜，我们说相声》也从艺术馆开始，从第一次去演出，到今天很久没有去，这一切悄悄地都变成了历史。

　　想起《那一夜，我们说相声》半年创作的过程，真是周折，但是没有压力，做得辛苦，却很开心。

　　"相声剧"当然是用"相声"组合成的一种剧，是靠大量精炼过的语言完成的一种戏剧形态、语言节奏，表现了这类戏剧形式的风格。

　　正常的相声必须让人能笑出来，"笑"是"点"的爆发，好几个点会形成一条"线"；一个"面"的笑点产生的时候，就是一个喜剧的主题意象的"画面"产生的时候，所以"点""线""面"是不该独立存在的，而是前后可以呼应，互相依附而生的一种戏剧关系。

如果相声演员语言节奏过快，观众会消化不过来，则"画面"就无法自然形成；如果节奏慢了，"画面"会自动消失，生不出具象的感觉来，听着听着，就会累了，欣赏的注意力也容易跟着减弱。

一个喜剧演员输送感觉的能力够准，提供给观众的画面和感觉也就准确。

相声的基本动作虽然是甩不掉"说""学""逗""唱""捧"，但是台上、台下必须能够共享同一个文化背景，这更重要，否则无法共鸣。相声既然是要用语言作为手段达到剧场的互动性、共鸣性，那么新的相声段子必须也能够与现代的生活语言、意识形态相结合，否则容易"孤芳自赏"或"自以为是"。

喜剧的表演，经常只是一种形式，悲剧才是它的内容，就像人生一样，既然如此，我们所创作出来的喜剧应该尽量去靠近"禅喜"，去创作一个"悲剧"，也应该看到一些"悲剧英雄"或者"悲剧君子"的意象，这不是使命感，而是一种创作者和演出者都共有的一个"觉知性"。

以前看过作家简媜写过的一句话，久久不忘，她说："喜剧，乃是黑夜一般的人生旷野上，突然飞出的一只萤火虫，它天真地

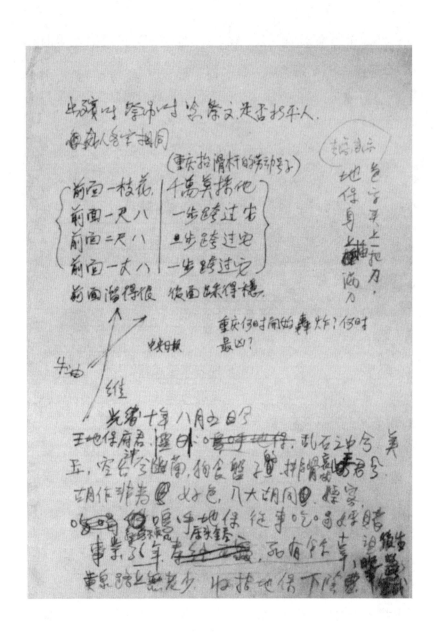

第一、台北文化．愛情．人心．
二、電視的開始．生活的轉變．
三、抗戰．內博．軍人精神．社會背景．
四、五四時代．記性．忘性．
五

（那一夜我們說相聲
工作草稿之一）

太后老佛爺．慈禧．什麼都喜歡，就是不喜歡洋人．不然提維新？誰想改祖宗的章程，誰就得掉腦袋．英法聯軍燒了圓明園．老佛爺心裏又窩囊，又不敢生大氣．找到了義和團的大師兄曹福田召見，他2000兩銀子．會同端王載漪．搞了個天下第一團壇．先是在光緒26年5月15．日本使館書記杉山彬在永定門外迎接日本領事被甘軍味嘩一位伏殺了．割了好幾大塊．那在早，先5月24德國公使克林德．在東單牌樓前被殺．這一聲外國大兵，也有理由不英——罗跟著算二天義和團又下令圍改東交民巷的各國大使館．殺了人家好幾千．配也弘老幾千．咱們中國人死幾千沒人會言語一聲，可外國人要死幾千人了得了了．八國一瞧這好機會．趕上在8月14與奉那八國聯軍攻打京．緊接著結果咱們沒皇

李立群当年《那一夜，我们说相声》的工作手稿

认为，靠尾巴上的那点小火，可以把黑夜焚了。"这句话又可怜又好笑，说明了许多喜剧里里外外的情调。

很多喜剧里的"偶然"其实都有它的"必然"性，那么许多必然，又何尝不是一个偶然，这虽然是一个老观念，但是这个关系很好，愈想愈有味儿。原来喜剧和悲剧，还有它的相对性存在。

一个笑话，内在没有活力，或者被笑烂、笑臭了就没意思了，所以演员要对整个喜剧节奏及各种剧场表演的符号熟悉，然后才能要求自己从那个角度去寻找高明。一旦引发了笑声，还要能控制笑声。不错的喜剧演员，可以使观众笑到咳嗽为止；高明的喜剧演员让观众笑，笑到一半刹住你，留住你的笑，让你消化一下，下几拍不设防地再来消化你前面未笑完的笑，哗——像海浪一般的笑声就爆发了，一波夹一波，笑到最后出了剧场。你去开车还在想那笑话还在笑，都走过自己的车了还不知道，又笑着再回头找自己的车，能笑这么久，因为意象和画面造成了。

整个台上台下的气氛被你制造和改变，这种功力是靠演员的节奏一拍接一拍，完全拿捏在喜剧演员的发动里，你跟观众都得到笑的滋润，笑得健康。

舞台演员的魅力，往往在于你是带着一个舞台一块儿跟观众见面，所以在排戏场里就要尽量去熟悉会和你发生关系的任何事物。演出前的暖身也非常重要，暖身不是每一个戏都能成功暖好的，暖不好，演员会更紧张，或者找不着安定感；暖好了，一个晚上浑身解数下来，都不觉得累。甚至于你在台上一个转身，整个舞台就好像是跟着你转的，舞台是你，你是舞台。

喜剧的效果会发生在哪里，需要演员去感觉，去看到。看到了就可以接球，传球，把球打出去，打到最后一排去。所以接球传球之间的好坏，牵涉到演员们的整个训练背景，否则只有专心也未必有"笑"。

一位好演员，不要害怕暴露自己的弱点，也不要故意暴露自己的弱点，把肉麻当坦白。

演舞台剧不是为了过瘾，是一种服务，一种"给"（托尔斯泰《艺术论》：艺术是以服务为宗旨）。观众的掌声是另外一种依附在剧场里的情感，你要尊重，要感谢，不是让演员来稀罕和寄望的。靠掌声你能活多久？人家也许只是一种无奈的做人的礼貌。戏要是没有演好谁最倒霉？观众，花钱认栽；演员呢？回家检讨下回再来。

所以在台上"服务"的时候，在"晚宴"结束的时候，成绩再好，都不能留恋，再不"好"，把它忘了，最主要的是，还有时间……还有时间……让你去做"工"。生生不息地去为人们做工。做不动，怎么办？退休。下台鞠躬。

以上言语，若有不当，尚请方家君子多多指正，立群自当顶礼书绅，安静地听，感谢。

2005 年 4 月

新闻变成连续剧

好朋友之间的谈话，总是从询问对方的近况开始的。近来读什么书啊？家人如何啊？有什么演出没有？生活上有什么遭遇？因为是出于老友的关心，所以每次也都乐于向老友倾诉。

近年来的表演圈子，在"质地"上真是有些不同于以往的变化，请容我倾诉一下。尤其是"连续剧"，影响太大了，大概可以从去年年中开始算，我们发现一些从事各种行业的人都进了"连续剧"的表演，一直到今年的三月十九日，也就是"三一九事件"，① 使这出社会连续剧达到一定的高潮。令人兴奋的是，高潮迭起了好一阵子，久久不衰，直到"五二〇暴动"，② 被主角

---

① 编者注："三一九事件"是发生在2004年3月19日对陈水扁和吕秀连的枪击事件。

② 编者注："五二〇暴动"是2004年5月20日陈水扁、吕秀连"就职"仪式举行的同时，另一阵营成员在台北孙中山纪念馆组织了大规模的抗争活动。

"认为是险些造成叛乱"的一堆"临时演员"被平息，和平收场。电视台的服务是一再重播，一方面是就怕和平了没戏播，一方面是让观众培养出冷静的眼力去扮演一个长夜漫漫的观"星"人，不断地看到各种不同面目、不同动机、不同扮相的新演员上阵亮相，成为亮眼的新星，当然不小心地，也孕育出了柯赐海、"许什么美"之流的子星星，看到那些门派型与组织型的新演员们，对连续剧充满了无限的向往与跃跃欲试的追求，观众虽有不耐烦者，但是重播率太高，不看也难，只得来者不拒，一一接纳。

在这一出连续剧里演出的演员，人数太多了，然而质地大多相似，只是旗帜不同、色彩不同、角色性格不同，但是也可能有一天又变成都相同了，那可能就是大结局了。不行，我的智慧是不能够做这出连续剧的剧评的，这戏太复杂了，格局太大，制作费太高，可是剧情的格局又好像"小镇风云"。不管这些演员平常在电视上如何的"搔首弄姿"，我们这些热情观众们最好别太入戏，只要冷静地在家里"挑肥拣瘦"也就是了。别忘了，一个"忠于表演艺术"的人，是不会轻易去参加这种连续剧的演出的，因预算太高了；任何一件事情的代价都应该是有限的，否则就算我们这出"小镇风云"变成了一出"开国大戏"也未必幸福啊！民脂民膏啊！代价大啊！

生活中风雨飘摇的，还是有一些美好的事情，愿意真诚地告诉大家。

最近带小孩去看了一部老少咸宜的电影，法国片，好看。那是一个发生在一九四七年的一个法国乡下的儿童抚养院里的故事，抚养院也是一个战后的小学校，学校里的环境看起来是黑暗、复杂、缺少爱心、以暴制暴的一个地方。

《放牛班的春天》老少咸宜

其实所有的小孩子都希望能有温暖，就看大人能不能给得出来了，如果他们幼小的心中已经对得到温暖这件事绝望，他们可能就会变成一匹狼，翻墙而出，去外面的世界，"诸善莫作""众恶奉行"了。可是就在这无可救药的悲观之中，来了一位貌不惊人的代课老师，年纪已有半百，却仍然是"代课"的老师，可见得他多不会"做人"了。

但是自从他来到这个学校之后，渐渐地好看了，观众在又哭又笑的过程中，自然而真切地再度感受到，这个世界上并没有永远的黑暗，生命的一切终究是美好的，值得经历的。电影的笑声里，有智慧，有性情，有宽容，有戏谑，林语堂一再描述的庄严和幽默，大概也就是这样吧！

在辛苦的环境中，孩子们两三声笑声，就像穿云而出的阳光，哈哈哈哈声中，我默默地拿下眼镜暗擦泪水，真是一群忠于艺术的人拍出的好戏。导演真不是一天长大的，能这么真诚流畅地拍出一部闪耀着人性的光辉的片子，代价又不大，影响甚深，令人心胸舒畅。看完这部电影，想珍惜身边的每一个人，可是一回到家里，打通电话又看到那出没完没了的"连续剧"，看完了想杀人！这两种不同质地的表演差别真不小。

我拿这两种不应该比较的剧种比了半天，不外是想挣回点民脂民膏，希望您看了只是笑笑，不以为忤，感激。哦！对了，那部法国电影，名字叫做《放牛班的春天》，最近就在台北的电影院放映中，代价不大。真的。

2004 年 9 月

戏梦人生

在人生如戏、戏如人生的这一句俗话里，常常令人感觉到戏和人生存在着一种可以互动的微妙关系，可以透过各种人、各种事，一再地被提出来，当成感叹性的符号来用，赞同这论调的人也居多。

稍微上点年纪的人可能就会认为，不论哪个阶层的人，尤其是做政治行业的，做大小生意的商人，甚至于搞艺术的，学法、执法的，乃至于为人师表的，为人祖父母的，包括出家去修行的僧侣们，都多多少少需要研究一下表演训练，来完成他们适当的情感表现，练就一个处世圆融的修养，去领导人或被人领导。生活中不需要表演，就可以自足而自得的人，多么令人羡慕。这言下之意，好像"表演"不是一件好事，而是一件设计好的，可以骗人的事。当然不是。"表演"本身是没有是非善恶的一种单纯的技术，只是运用这种技术时的目的和觉知性、高明不高明而已。

人与人在一起长久相处、共同生活的状态，要处理多少复杂的事，来平衡内心的七情六欲？七情六欲流露出来的动力要如何管理？如果出家人的禅定和慈悲是唯一的真理，那得到真理之后呢？人生的大幕还是没有落下，生命里的喜怒哀乐，仍旧在旷野里随时举行着，所以禅定出来以后还是要跟悲苦的大众站在一边，牺牲奉献自己的生命，稍不专心，又可能要靠"表演"来涂涂抹抹一下。

当你的心情与众不同时，常常会感觉到人类生活的差异，好像是住在不同的星球里，但是真让人吓一跳的是，大家居然只能住在同一个星球里，想摸的摸不着，想看的看不着，想吃的吃不到，想买的买不起，想卖的卖得不理想，以为很满足的人，突然又自大起来，已经很富足的人，心中却充满了迷茫，身经百战当了三星上将的人，在"立法院"里动辄得咎，在各种局面下，为了不让生气而显示出技穷，为了不让舒服太快溜走，人到底要怎么样，才能永远满足一个无底洞的胃口呢？简单地说，学学表演，人的种种愚行罪行，就不能再说是上帝没把人制造完全了，可能连上帝自身也没有被完全塑造呢。彷徨的人，紧张的人，焦虑的人，并不富裕而成天只会在家看电视的人，自利主义、安慰主义、劳动主义、静思主义的人，随时都会碰到意想不到的门槛，那就得把"表演"善意地拿出来，连小狗都需要抚摸，何况人呢？如果你无法表演抚摸，起码要有一颗愿意抚摸的心。

人在生活中，历史里，看多了表演，很多思想、哲学、定理、智慧，似乎都是由表演开始认识，开始熟悉，开始被自己再表演出去，它已经不是卖票不卖票的问题了。既然一切的需要，

在《洪武大案》里演历史

都是由心开始的，那么曲终人散的时候，还是要回到心里去睡一觉。可是人还会做梦啊！有梦就有希望，这又把人叫醒了，必须继续表演下去，演着演着，连大自然都被派上了角色，"风"可以像一个飞贼一样，快速地到你身边却又突然消失；"雷"又不晓得是谁把你当成一种愤怒和激烈的角色，每当小说里需要愤怒的时候，你的出现，就是一种极致；"水"又是那么幸运，既可选择当强暴者，又可以呈现温柔。

人如果不懂得研究一下表演，悲剧和喜剧依然随时能够发生。只不过是外行的看你的热闹，内行的瞧出你的门道了。

如果说读书是要选够格的书读，那么看戏和演戏，也都要选上好的戏。但是好书不多，好戏也不多啊！否则这世上怎么会有那么多没有知识的大知识分子？读一本好书，胜读十本坏书，因此要懂得计"质"，计算真正所受的影响，排"戏"的时候要认真，数量算什么呢？我演了快两千集电视剧了，您要是都看过了，对不起您，那可能等于您看了"万卷"废书，或闲书。各位看官，各位演员，大家要懂得"不下废棋"，不该浪费生命在无意义又无益的事上。否则，你演了一辈子戏，看了一辈子戏，可能都还不清楚，谁是人生、谁是戏了。愈活愈不能明白了。

人生的路并不长，如果人生真要如戏，那么这出戏的艺术性，可能就在如何"经济"了。希望您可以经济好您的"戏"与"梦"。"说"比较容易。

2005 年 5 月

说谎的艺术

有一天，我想算算看我这辈子说过几次谎，就算从三岁开始长记忆吧！我算到七岁，就已经算不出说过多少次谎了。那么跳开来，只算这七年来所说过的谎吧！更惨，更算不下去了，其中不乏跟最亲密的家人所撒的谎！这到底是怎么回事？是我想反省反省人生，还是想炫耀自己的坦白？还是纯属对人性的好奇？还是真的想观一观自己，还是都不是，只是自我在跟另一个自我找找碴、解解闷？我都不知道，只知道这辈子是撒了不少谎。

我又不是天主教徒，能找位神父，帮我告解一番，活过的，后悔晚矣，还没来的，又未必能下得了决心，走一步算一步，真觉得人生有时难免苟延残喘！什么才是真的？生活是这样的复杂。愈是觉得自己生活得很单纯的人，可能他的内心，更看不到自己的复杂；真正觉得世界很复杂的人，心中说不定反而无惑可疑了。真是"骑牛不知往何处，几经家门又回头"。

这辈子，撒了不少谎，图为《秘杀名单》剧照

在禅门里，有寻牛、见牛、得牛、牧牛、骑牛归家的喜悦。但是，没人告诉我，牛不听话怎么办啊！更好，就把喜悦放在原地。可是，脆弱的灵魂，疲倦的我，承载不起多少的"美"，或者也可以说承载不起多少"痛苦"，演员多么需要在具象、抽象的生活里"捕捉感觉"，而这份能力，我好不容易把它稍微磨利了，马上又被生活和工作给磨钝了。

这些年，我需要的是愈来愈多的休息与准备，为的是，前面还有没演完的戏，如果圣人说的"拭刀而藏之"，视为庖丁解牛的必要工作，那我拭的刀，老是不够用，或者是拭了不少的刀，却经常会遗失，该用它的时候，找不着了；我看着牛在等我，牛看着我在扼腕。牛让我骑，我学艺不精，牛都替我着急。

演员的生存，是以他的觉知性为基础的，各种觉知，因此在许多感官记忆、情绪记忆，或者干脆说，在人生的掌握上，我宁可认同于艺术家，而非哲学家。艺术家实在，庖丁就很实在，实在出了他自己的艺术，我明知道"色即是空，空即是色"，可就做不到"遗色"而"观空"，那太无情了，无情怎能生出感觉、生出慧眼？说错了你就打我一巴掌，我经常睡着脸见人，岔题了。

每次在揣摩一个角色、在组合一个情绪的时候，我的脑子，是待在人间的喜怒哀乐里，而不是在天堂上超凡地冥想。除非我真的累了，累得演不动了、想不通了，感觉呆滞了，那就乖乖地坐下来，安静下来，去冥想，冥想这一切形形色色，都是由"空"生起的，万一体验得愈深，也许得到的和平，就愈无限。

不知道这种感觉跟"禅定"有没有关系，反正是有点"洗尽铅华"的意思。奇怪，古人怎么会知道化妆品里含铅呢？岔题了。

我静坐的经历和资历都浅，体会当然也肤浅。但是在现今这个什么都贵的社会，讲求消费的质与量的年代，静坐，最便宜。深的不敢说，"洗尽铅华见本来"，倒应该是真能靠谱。"见本来"的究竟为何？我应该不知道，但是，落光了树叶的枝干算不算一种本来？如果算，那静坐对于我，还是实惠的。

如果你是一棵树，想把那些叶落掉，以我的经验来说，不太难。难的是，叶子落完之后，感觉干净了，干净不了多久，叶子又冒出来了，想让它落在"空"里面久一些，不易。做一个消化能力强的人真难啊！

谁不想惜春，可是又不能因为惜春，而错过了夏、秋、冬。这话我都不知道背过几遍了，人生的生活和享受，享受和贪恋，贪恋和修炼，它们经常是一个学校里的同班同学，难弃难离。在这种梦幻班上上课，又不太用功的我，等着罪受吧！亏得这个班里还有"爱"，爱我的人，我爱的人，他们变成了唯一的真实。就让他们的爱，照着我向前行吧！

最近要演一个戏，我要演的牛，很不听话，很狡诈。话说《我的大老婆》，是果陀剧场第四十几个戏了，也是我在果陀由《再见女郎》《ART》之后的第三出戏。剧本是由编剧先写完一稿，大家开会发展，以后再修出第二版，再经过梁志民导演删删减减成目前的定稿。我因为深深知道，岛内舞台剧本，二三十年来，好本难求，但相对地，也有部分忠实报导或呈现现在台湾生活状况，以及人心可贵的一面，即便有些常见的不高明处，往往也无力可施。

好在舞台上除了精彩的剧本最为重要之外，其他的如舞台视觉效果的设计、演员的表现，都要全力以赴地去实现。本土剧作，除了表现本土的文化外，还有许多剧本创作本身的专业需要加强的地方，否则，演员和导演，就要挖空心思来保护这个戏，那就可能事倍功半了。

《我的大老婆》开演了，我们不敢说它是多完美的剧本或表演，但是，当一件事情你知道大家都在尽全力去表现它的时候，而且箭已离弦，接下来的事情，就是要有勇气去接受观众给我们的批评和指教。

戏，散了，还有别的想不到的戏仍需演下去，跟这块土地一起滋长，一起成为过去。真心地愿您，看每一出戏，都有不虚此行的感觉。如果我又在撒谎，希望这谎撒得还够委婉。

2005 年 5 月

演员要怎么干一辈子

又要出发了，又要离开家人，装作很潇洒地跟每一个房间、窗户、茶几，和家人、小狗、花园和水管说再见。几个月不见，还好现在有电话，还好有电脑视频，要不然真跟古人一样，"家书抵万金"了；什么事也都有相对的一面不是吗？古代交通不便，出远门动辄几年，客死途中，客死异乡，思念故友，描写离情、寂寞的、精彩的诗词也特别的多。那都是被寂寞给憋出来的。没错，孤独是容易体会沉静，但是孤独也容易让人胡思妄想，把自己给困住。

离家就离家吧！不但要好好地出门，还得要好好地干活，不管要拍的那出戏有多麻烦，还是有多破损，我都一定要常想起乌塔·哈根写的《尊重表演艺术》里面的一句话："演员，就是为了要满足编剧、导演、老板，一切工作人员，把自己累得跟'狗'一样，也不抱怨。"你别不信，我还经常这样地鼓励自己，因为相对以上那些工作的人，不也是要把自己累到一定的程度还不能抱怨吗？所以没什么好不平的。

愈要离开家的时候，愈觉得家里是"窗明几净"，充满情感，一路上会不停地想，直到下了飞机，走在北京或者任何一个大陆的机场里，才开始收拾心情，专心面对工作。也只有专心地去体会工作，才能不胡思妄想，也只有把握当下，跟家人再见面时，才会什么都好。否则，后果可就精彩了。严重的人，会有家归不得，为什么呢？原来"心"已经回不了家了，如果心成了流浪汉，再聪明的人，你说他幸福，我都不相信。

这几年在大陆拍戏，剧组住哪里，我就住哪里，旅馆一般都属二星级，往后大概也高不到哪去。其实老板找我们去干活，哪个不想多节省一点，所以只要有热水洗澡就行。自己换一个亮一点的台灯灯泡，摆上自己带来的文具、茶壶、香具（沉香、香炉），家人照片放在抽屉，买一两盆可以浇水的花，或常绿的植物，偶尔带着老婆画的画稿，墙上一贴，稍稍装点一些自家的东西，只求"窗明"和"几净"，倒也能安心度日，工作不懈。"懈"也不成啊！这年纪工作若有懈怠，别人表面上不好说，私底下会瞧不起我，划不来；而且奇怪，演戏这个工作，你要是愈偷懒，人愈容易累，愈专心不二，时间过得愈快，拍完了，后悔的地方也会比较少。但是住的地方，不见得要豪华、体面，只要不复杂，安静、干净，足矣。

以前年轻的时候，不知道怎么演戏才叫好，只听朋友说：

沉香里，流年换

"那个演员真好，演起戏来好松。"我们都看得到别人怎么松，可是自己就是松不下来。好吧！那就把目标专注在松上吧！于是每天都很专注地去注意如何让自己"松"，已经很专注了，又怎么能松呢？因为年轻，殊不知，"松"哪里是一天两天，或一年两年就可以上得了身、出得了功的；因为"松"这个字，意思多了去了。有天生就很活泼的歌手，先天就迷人的眼神，家传的长相和微笑，这些也都是不必苦练，就已经拥有的一种"松"，"先天"，是不能够去计较的意思。

拍戏或演戏前，专心地做做体操，能帮助一点松；练习的次数愈多，愈容易松；要强的个性，也会不放松有关于"松"的体会；台词熟练了容易松，入戏入得对容易松，"要好心切"容易松。松到一定程度之后，松不出来了，怎么看都还是"要好心切"而已，不管什么样的角色，执行的是何种情绪，内在控制表演的你，一定要愈轻松愈好，轻快，举重若轻，演错了别怕，别在意，别受到影响，免得愈来愈糟。

我干吗要提松不松的问题？因为看到太多我喜欢的好演员，甚至好导演，不是为了松而松，就是过分专注。过分专注的演员，就算你的表演很松但是浮，就算你演得深，但是单薄，就算你演得"酷"，但是你过于期待观众掌声，就算你收放自如，能深能浅，亦庄亦谐，但是外功的依恋，多过内功，真的能像一幅好字好画那样"意在笔先，气韵生动"的表演不多。

反过来突然说一句话："戏乃屁也"，这是上一代的好演员们反复说过的话。"屁"是什么意思？学问太大了，真的，先别急着说破"屁"的学问在哪，但是，它总要被人放掉，或被闻到，或被忘掉而已，端看我们自己的"心"平等不平等了。

有了"窗""几"，才显得出、盛得下那个"明"跟"净"。那个"明净"，可真是跟"修道"无关，一有"修道"两字出现，表演容易走火入魔，要不，就容易饿死，它跟是否就能"松"无关。

那么，演戏除了演之外还有什么没有？没有了。演之前，什么都可能有，演完了，就什么都没有了。就是再演下去……而已。

大陆的豫剧皇后常香玉女士说"戏比天大"，说得非常好，相声大师侯宝林先生说"观众就是上帝"，这都是对后来的演员们很有启发作用的话；那么，我们怎么可以轻叹一声之后，说"戏乃屁也"？大概只有演了一辈子戏的老演员，才深有感受地能说出这样谦卑的话，自然至极，真。

2008 年 8 月

演员，老了

　　年轻的时候学习表演的状态，是倾向于"用力"，用外面，用不同的节奏，用简单而明确的情绪，用自己天生的身体材料，包括体力、耐力、声音、眼神、身材、走路的步容等等，光是学这些，其实就够忙的了。还得在电视剧三部摄影机联合作业之下，每天得录制出一集六十分钟的戏，在这样的高压环境里，训练出快速背好台词、想出招数、组合情绪，让不成熟的自己，如何在众多演员的表演中，找掩护，找台阶，找漏洞，找镜头，继而找表现，找角色与戏的关系，继而找毛病。有人 NG 的时候，赶快找剧本，在乱军之中，迅速地再自我复习复习，那真的要乱中而能有定，狼狈而不失尊严；慢慢地，也会找到这出戏，那里可能有多好看，或者有多难看，回去以后居然还有力气去告诉朋友、家人。

　　当然，还要在经年累月的精力极限的状态里，找到抗压、舒压，乃至无压的方法，"无压"大概不太可能，那只是长期演员生涯中，偶尔会出现的一点珍贵的感觉而已，搞不好还是个错觉。

表演的工作是很难"老王卖瓜"的，观众自有日久见真章的雪亮，所以，闲时与生活百态中的各种类型的观众聊聊天，都经常会让一个演员受用很深，就看你去不去发掘、调查和反省了，我自己只是有这个感觉，还不算有这个习惯的人。

去演电视剧的剧本，有许许多多的地方，是应该不断地被导演、编剧、演员，或者任何一个与制作过程有直接关系的人，去一同讨论，或者删改。我尤其不喜欢碰到坚持不肯改自己剧本的电视编剧，我甚至不清楚，他到底终究是要保护观众，还是保护他自己的什么。如果你的剧本好看又好演，自然不会有人想多事去改动它，如果有人改得不得当，别的演员或者导演自然会去劝阻。在电视剧的领域里，如果太固守不准变的态度，容易伤到编剧的心，那是非常可惜而不一定有用的事情。

好，我就是一个喜欢改台词的演员，当然要在大家公认不是"老王卖瓜"的动机下，适当地提出改变的台词，那不能算是"脱稿演出"，"脱稿"很容易变成严重而不讨好的行为，反正属于"脱"的事情，都是不能轻率的。

年轻的时候经验不够，所改的台词大多属于一些虚字，或者几个语助词等，目的是使自己的表演能稍微流畅一点；再后来就是把一些像"我可回来了"改成"我总算回来了"，把"难不成"

改成"难道"，把"该不会"改成"会不会"，把"他把手放在头上了？"改成"他怎么，怎么把手放在头上了？"之类的小地方。

渐渐地年龄大了，胆子也大了，可能捕捉剧本里感觉的能力也稍稍提高了，就会开始提出更多自己对全剧、或对自己角色的一些意见。这时候就要小心了，得罪人往往就是在这时候，而且很容易一得罪就是一辈子。等你这短处都改过来了，别人还是无法忘怀，你当年那副坏样和不懂得沟通的嘴脸，事后你自己应该还会承认！真惨！我就是曾经从那条小路走过来的野蛮人，现在真是好得多了，所以才敢说出来。

这几年，年龄大概是真的大了，改起剧本来，几乎自由自在得都有点不好意思了，可是导演和老板还都欢迎你改，真是改得手都软了，不想改了，可是就这样算了吗？不行啊！总觉得对不起角色，对不起观众，对不起酬劳啊！好吧！在不影响做人的原则下，能改就再改吧！真是有意思（其实一点意思都没有）！

在舞台上的表演，近年也大有不同，不是改台词，而是清楚地发现自己的体力，好像秋天的落叶一般，自由地下降。记得在四十四岁以前，在表演工作坊演的最后一出意大利闹剧《一夫二主》，一出能累死人的戏，从头到尾，故意不站直了演，随时有一条腿都要弯曲地站着，不是站不直，而是为了使角色好看，反而会让演员更累，可是当我演完了几十场，一点都不觉得什么。为什么？有体力。

最近不一样了，在排练的时候，就开始在寻找可以让角色暂

四个新兵，左一是我

时松弛的地方，节约自己的力量，学习在舞台上"休息"。这种情形如果在台上被看出来了，是属于很不好意思的事情，但是相对地来说，一个演员如果能够善于这样做，那是好的。人嘛，都会老的！老了好不容易戏演得稍有火候了，体力又不行了，那心里会多不自在，虽然你还必须得自在。

真的，一个演员愈老可能愈容易透过"角色"这个位子，把自己最内心、最隐秘、最有趣的一些情感细节，堂而皇之地暴露出来。您想想，正值表演可以好"玩"，可以用"玩"的时候，他没了体力，那不是等于终于买了一辆法拉利，可以来好好飙一飙，但是却再也没有钱买汽油了？

或许硬能凑出点钱，但是只能买二三公升的油。您别笑我，大家都差不多，没有人能愈老愈有体力的！所以朋友们，买车干什么呀？卖车多好呀！我怎么讲到这儿来了？老了。

2005 年 9 月

上海一九七六

我四年前前往上海，参加电视剧《半生缘》演出，认识了当时的导演之一胡雪杨。胡雪杨是巨蟹座，感情丰富，对演员表演的观察力特别细腻；跟他合作，对演员来说是会有收获的，所以我参加了他的新片《上海一九七六》。二〇〇七年初开拍。

一部电影如果主题过强，容易有骨无肉，生动不起来；如果细节过强，容易成一盘散沙，失去故事张力。胡雪杨非常明白这一点。

一九七六年，对全中国人来说，是一个最重要、最紧张、也可以说是最疲惫的一年。那年，中国发生了唐山大地震，又相继失去了三个伟人：毛泽东、周恩来、朱德。

《上海一九七六》是叙述两个家庭长辈之间与子女之间的故事，简言之是透过剧中人的故事，来阐述当时的上海大都市里活着的人们的一种生存状态。

"文化大革命"对全世界来说，各有不同的观点，当然要以中国人自身的观点最为重要。对没有经历过、却又都是中国人的台湾人而言，很自然地会把"文革"看成是一段深沉哀痛的岁月；可是在《上海一九七六》的北京记者会上，胡导演称那年代为"撼天动地"。我觉得也蛮好，人总是有超越各种痛苦的能力，从痛苦中继而平静，继而走出来，继而悲天悯人地回头一望。

　　当一个人不再自怜，抱怨就会停止，真正的成长也就开始了。

　　我喜欢这部电影的精神：一个人只要是去关怀、去爱他人的时候，他的行为就是天使。

　　我在这部戏里主要是和一位法国演员演对手戏，他是法国的一线演员，名字叫做让-雨果·安格拉德（Jean-Hugues Anglade），我们都叫他"让"。一般他都是很谦虚地就"让"了！真是名副其实。他主演过许多好片，在中国最出名的是《巴黎野玫瑰》，以及吕克·贝松导演的《尼基塔》（台译《双面女蝎星》）。五十岁左右，很放松、很内敛。"资深演员"往往就像一个资深的鞋匠，或是资深运动员、资深厨师，只要一接触，不久就会互相闻到对方的功力，或者是听到对方"专业的领域有多深、多广"。

　　我们两个同一天在上海下飞机、见面、出发去安徽省宣城，到郊外一个叫白茅岭的山村，当年有个大的劳改营，我们的戏都在那里面拍。摄氏零度左右，没有空调，热水有限，住宿环境不比劳改营好到哪去，但是心当然是自由的。

《上海一九七六》中劳改营的剧照

休息时，让-雨果·安格拉德在背台词，我在想事情

从一见面，我们都很平和地在注意对方和不注意对方。我算是老大陆了，他第一次来中国，凡事都新鲜，用法国式的礼貌和轻声细语，问答各种问题。我也算是资深演员了嘛！所以很自然地就用很烂的英语，放松地跟他聊。我最喜欢看到他听不懂我在说什么的表情，法国人"刻意中的随意"在他脸上表露无遗。

拍戏前，我们就要设法去发现对方，以及令对方发现自己，让大家都可以感觉到我们是站在同一边的，尤其是这两个角色。

他演一个从法国到中国来的传教士，与一个舞女发生了感情，生下了混合血统的孩子，受到"文革"冲击进了劳改营。外在生活当然难免饱受折磨，可是内心却经常宽广得过度，以至于半夜睡觉经常大笑出声，能把一整条走廊的牢房都吵醒，变成他的一个问题。

我演一个国民党特务，空降时被逮到，进了劳改营。我在劳改营已经八年，他则刚来不久。全世界的情报员，都应该把自己严格训练成一个没有特征的平凡人，不感情用事，永远不怀疑自己的目的；只是悲喜从不形于外，但不能凡事都无动于衷，那就不是人了，是机器人。这是我对这个角色的理解。

两个浑然不同的角色，来自不同的地方，不同的职业和个性，在严密的监督下，睡上下铺，一起劳动，上思想课，却也能安安静静地形成双方交往与信任的友谊。居然利用各自的特长合作：他在心里构思创作了一部有关人权与法律的书，但不能写出来，我就用情报人员的特长，把经常在念的毛主席"老三篇"，改编成密码。出了劳改营后，我再帮他破译成书，在法国出版。

他后来死在牢里，为什么呢？一九七六年，伟大领袖毛主席去世的那一天，举国悲痛，如果你笑或者是梦话说得不得当，都会引起严重的批斗，在那年代，这是很自然而合理的。结果，那天晚上他又做梦，梦见他和他的情人在天堂里，美丽地对话，所以他睡着睡着又笑出声来，而且是大笑。全部的人被他吵醒，看着他，他笑醒后，愣在那边看大家，转身看了我一眼。我这个情报员，居然掉下了眼泪，双方眼神之间，都知道，他这回死定了。

他的表演，我非常欣赏，而且成功；我们这两个演员，是从陌生，到很快地就能互相信赖。让-雨果·安格拉德，胡雪杨导演，以后很希望能跟他们再合作。

2007 年 3 月

姚老就像一盏灯

姚一苇老师，很年轻的时候（约摸四十多岁时），学生、同事就尊称他"姚老"。

一九七三年，我还在海专念书，跟校外的大专学生，参加了由李曼瑰教授组织的"中国青年剧团"。当时这个剧团的成立，是有想法的，所以来教我们的老师，虽然才短短三个月，每天三小时的课，但是都很认真、热情、倾囊相授，也是当年戏剧界老师们的一时之选。

姚老当年在文化学院，已经是重量级的编剧和戏剧概念方面的老师。在罗斯福路上面的一个老楼里，狭小的教室，像在上补习班；其实就是补习班，只是老师们都特别的好。姚老上课，不准聊天是早就出名的，几十名学生，因为他的严肃，都鸦雀无声地低头记着笔记。有个笑话是：他讲得专心，学生记得也专心，有人把姚老咳嗽的声音也记进笔记里了："布莱希特（咳）的作品有一定（咳）的东方色彩……"

没记错的话，他是个快乐的"牡羊座"，但我好像很少看他上课开过玩笑，私底下倒是轻松快乐，上起课来，连他转过身去的背影，都庄严肃静，不可轻浮。真是奇怪，有这么严肃的牡羊座吗？想想，好像有，我爸爸不就是这样？在大陆打了半辈子仗，没啥好快乐的，到台湾，穷得家里只有一根电线杆，更没啥好快乐的。

他们倒是有一点都很像牡羊座，就是对一件事情，尽了一切努力之后，蛮有勇气接受他们自己的。他如果是个文学家，他可能会是个天真爱笑的文学家；如果学哲学，他就容易是个爱笑、甚至爱哭的哲学家。不管爱笑还是爱哭，他很懂得沉思的需要，他热情而冲动，尽在他通往清醒的创作的途径里，尤其是他写的《戏剧论集》《艺术的奥秘》等那几本书里。

我当兵的时候，带着那两本书傻看了一年多，没太用功，不是我对戏剧不感兴趣，或是不想充实，而是他的文字太严肃了，除了顶礼膜拜之外，几乎不容易打通我对艺术认识的茅塞。这个不是贬的意思，也许他的书对许多别的学生是很有意义的，对我最多只到写意。固执地来说，我写的意到不到位，也没什么好大惊小怪的。这话，姚老是绝对不爱听的，但是他不会不让你讲。他的个性，其实有太多事，他看不顺眼，有太多人让他真情落空。但是，他总是会回到他自己沉思的途径里，消融那些情绪。

后来我发现他在给学生上课的时候，不仅只是严肃，有的时候讲到他喜欢的西洋戏剧作家，像莎士比亚、莫里哀、契诃夫，他恨不得能表演给你看，用他的语言和情绪，写意地表演给你看。你可能还不够清楚那些剧作家为何许人也，但是已然在他热情而投入的讲述中，形象化了。原来严肃可以让他在里面装上这么多快乐。我再想想看，我爸爸是不是。

除了上过姚老三个月的课（一周六天，一天一个或两个小时）之外，就只排练以及演出过他的一个剧本《一口箱子》。但看过他的剧本《孙飞虎抢亲》，看过他剧本的演出《红鼻子》，好看；看过他写的一个由陈耀圻导演和马汀尼演出的双人剧，叫什么名字我都忘了，差点没睡着。印象里，好像不能怪演员，还是编剧上的严肃造成的吧？一般看完别人的戏，说话要委婉一点，但是也不能说谎吧！还是自己浅见、浅见。

你还别说，我对姚老了解最多、接触也最宽的时候，还真是因为排演过他的《一口箱子》，那个难演啊，别提了！但是演出后他那个高兴劲儿啊，从排戏的时候就开始累积而且被人看到了，高兴得就像一个小孩儿，偶尔拉着顾献良先生的手，偶尔邀请了俞大纲先生，前后来看我们排练。我一边排练，偶尔当然也会瞟他一眼，他的表情是既沉醉又有沉思，非常尊重专业，包括对他的学生，一样尊重。

《一口箱子》的排练和演出，把我过去一百多场的舞台表演，重新整理了一遍，是我个人表演生涯中的里程碑。我心中至为感怀姚老，姚一苇老师，也许他并不知道是他的剧本，使我多年来可以用我的表演，在我的表演环境中坚持下去。虽然，我的走他可能很不满意。

　　而且你知道吗？我跟姚老认识，但是没有聊过一句天。

2007 年 6 月

难忘老演员

　　最近遇到的事情、想到的人，总是比较严肃，可能跟自己的心情有一定的关系，连每个月要交的稿子，都有点缺乏轻松，结构松散的感觉，读者对这样的文字，会不会觉得早已经不合时宜了？我不知道。

　　古今中外，让人喜爱过的演员，令人难忘的表演太多了！对我个人影响很深的也有不少位，今天想稍微地报告两三位。

　　中国近代有一出很重要的舞台剧叫《茶馆》，有一出很精彩的舞台剧叫《龙须沟》，这两出戏的男主角，都是由一位叫"于是之"的北京人艺的演员所饰演的。

　　十五六年前吧，在表演工作坊演出《厨房闹剧》的时候，邀了多位北京人艺的演员来台北，有于是之先生、英若诚先生，两位超重量级的演员，来看我们演的戏，顺便访问旅游台北一番。当时于先生已经轻微中风，行动与说话略有一些不便，慢一点，不清楚一点，头脑却非常的清晰。我没办法想象他们是怎么看我们这出英国闹剧的，也没敢问，如果他们喜欢应该会直说，结果他们都没说，只是都看到戏演完，没请他们来后台，我们等观众散了，直接下前台跟他们见面。

于是之先生对我应该是毫无所知，只知道那天晚上我在台上是最闹的一个吧！我上前去，双手握着他的手，他也伸出双手让我握着，我说："于先生，久仰久仰了，谢谢您今天来看戏。"他只是微笑着，看着我没说什么，很自然地接受着我对他的致意，我毕生难忘；后来在丁乃竺家聚会小聊了一下，有人问于是之先生，个人最喜欢《茶馆》里的"王掌柜"还是《龙须沟》里的"程疯子"？有人插嘴回答，那应该是"王掌柜"吧！余先生微笑着不以为意，淡淡地说："程疯子这角色很有意思，他是个知识分子，发疯了，算是个'文'疯子，在他眼里，他不觉得自己疯了，他觉得是全世界疯了。"就讲了这么简单的一句话，我全可以体会了，体会到他在表演诠释上的聪明。

没隔多久，同一年吧！台北有人想演出《茶馆》，再度邀请了英若诚先生来台北，我也被邀开会。英先生看到我，很大方和蔼地跟我打了个招呼。他直接叫我"威利·洛曼"！我们两个都笑了，英先生知道我在他之后几年，也演过他曾经在北京演过的《推销员之死》，阿瑟·米勒编剧，由英若诚先生翻译的中文版，所以他对我直呼推销员角色的名字，英先生翻译得极好，简直就没有翻译味儿了。

有人问他《茶馆》的表演应当如何。他没有举自己饰演的"小刘麻子"来回答，直接就告诉大家，"王掌柜"在戏中对于房东和客人起了冲突，王掌柜居中斡旋，用言语跟表情和各种身体语言的考量，似乎应酬，似乎回答，又似乎哀求的各种心态下，错综复杂，又脉络分明的表演设计与呈现，说得仔细又精准，叫人吃惊！他如果没有做过相同的功课，是不可能说得出这么多的。《茶馆》里任何一个角色，当初几乎都被焦菊隐导演和编剧老舍先生，同时解说和要求做哪些哪些功课，之丰富，之大量，之厚，难怪老北京人艺那些戏的表演，都给人留下经典式的印象。我对英若诚先生的表演态度和素养，相见恨晚，启发良多。

　　在电视剧《宰相刘罗锅》的演员里，第一次看见饰演刘罗锅的岳父一角，欣赏、佩服，看得我一个人在家里屡次拍着大腿大笑长达一分钟左右，真是解气啊！饰演刘墉岳父大人的演员，是北京的李丁老爷子，早期是北京实验话剧团的演员，接受过"苏联专家"导演，排练了近半年的意大利闹剧《一夫二主》，大陆叫《一仆二主》。李丁老师饰演其中主角"楚法丁诺"，当时他不到三十岁。海峡两岸演过这个角色的，就我们两个人，还有一位北京的好演员马书良，排练过这个角色，不知什么原因后来没有演出；排练过，基本上就等于经历过了，都不容易，演这个角色等于是考驾照，能过，就算一关。

　　我跟李丁老师三度合作（《人生几度秋凉》《皇上二大爷》《买房》三出电视剧），李老师都有许多地方流露出表演的品位和聪

于是之先生，照片是我从一位记者那儿要来珍藏的

《人生几度秋凉》剧照

明。他很老了，可是那颗对表演的心，我每次都觉得它好年轻，好有力量，好准。

他说我演的楚法丁诺（我给他看过我的表演光碟）说话太慢，大家都太慢，尤其是我这个角色，应该总是快速又喋喋不休。我听了，哑口无言，同意，心领神会。

没有演好的戏，真是太多了。还不能"一忘了之"。

跟李丁老师的接触，是我莫大的荣幸，使我更加地珍惜。

2007 年 7 月

春去春又回

　　十九年前，我还在表坊，抽空演出了台视的连续剧《春去春又回》，一部以男人为主的、爱恨情仇、悲欢离合的三十年代的电视剧。香港编剧写的剧本，男女主角为刘松仁、夏文汐，皆为香港人，其他主要演员还有马景涛、雷鸣、曹健、崔福生、尹宝莲、我等。

　　时光变迁，现在要重拍，人物全非了。江宏恩演我以前演的角色"苏三强"：一个码头包工，由反派转为正派的角色；我则老了二十年，去改演原来由雷鸣演出的余佛影老爷子：上海滩上一个举足轻重的通吃黑白两道的人物。戏里有许多枪战的场面，故事错综复杂，从一部电视剧来看，《春去春又回》有许多吸引人的地方，如果不是拍得太差的话。

　　一代人，一代故事；一代人，一代演员；一代人，一代观众；一代人，有一代自己的记忆。悄悄地，我已经由下一代人，变成了上一代人，来演二十年前自己曾经参加过的剧。我本来希望自己可以重新渲染一下我要演的角色，对它跃跃欲试的。

结果这两天重新看了剧本，主要的感触并不是遥想当年这戏有多风光，收视率跟口碑有多好，而是当年从哪来的心情，去演这么没劲的台词。对，尤其是"台词"，俗透了，像极了太多的你所看过的电视剧。天哪！台词在快速拍摄、快速演出和快速欣赏的电视剧里，多重要啊！

我得去演一个上海滩上黑白两道举足轻重的老爷子，说白了，就算是杜月笙吧！起码也是半个以上的杜月笙。而我在戏里，每天要处理一大堆儿女情长的家务事，就算看不到我怎么处理江湖事，但是处理家务事，也处理得太任务化了。事情需要我出现，我就得眯着眼睛，满腔满调地走出来，听取事情、接受事情、处理事情。只看到剧情中的被动，感觉不到这个角色，在内心世界中的主动，即使有也是理所当然的那些电视剧里的话语，相似到了极点。

好，问题来了，我要怎么面对这样的台词，才能演出一个真有样子的、黑社会在企业界的龙头老大？离真实的感受，会有多远？我从来不敢去期望，自己在电视剧里的演出，会是一个划时代的经典之作，我只敢要求自己所演出的电视剧里的每个角色，都能达到"值得一顾"的水平就不容易，就要穷毕生的精力了。现在怎么办？我要从另外一个角度来想余佛影这个角色，顺着从各种不同的人的角度，改变一下"体验角色"的惯有方式，全新

两版《春去春又回》，两个不同的角色

地来试试这种可能。

我这种感受，其实正是要展现老演员的能耐的时候，可是我怎么好几天都觉得，老演员真是悲哀，真是没辙，好剧本都死哪里去了？太阳都要下山了，人都要退休了，好剧本还在那里走三步退两步，等于在后退的晃悠。干脆自己下工夫，从表演方法，从台词的微调，从不同的专注方法，小心地、一场一场地拍完它，演稳它。想要挥洒自如，"上善若水"一般的好好妙妙，妙妙好好，做梦吧！在一个偶然的机缘里，偶然地被一个观众看到，偶然地被记得，偶然地把它当成聊天的张本，偶然地……

所以不管是数十载地去演电视剧，还是一代人一代人地去看电视剧，电视剧不管是多么的属于大众文化，匆忙的岁月，观众的接触有限，精神有限，空间有限，目标也变得有限，而所有从事生产电视剧的人们，却早已产生了"精力极限"。妈呀！谁想看谁看，谁想说谁说吧！原来电视剧就是用来点缀生活的，故所以，要用功地去演，被人拿来点缀是多么荣耀的事情啊！

2008 年 2 月

莎士比亚来了

　　莎士比亚真的要来了，不是在银幕上经过，或者是由别人在台上演出，而是要进入我们的脑子、身体，被我们熟读、研究、斟酌、删改、背诵、练习，练习成习惯之后，终于要由我们自己表演出去了；所以对我而言，"莎士比亚"是真的要来了，要来考驾照了。

　　这次演出的效果好坏？不敢下断言，以不让多数观众睡着为最高原则，少部分观众睡着了，就可以算我们及格了。总之怎么怨也不能怨到观众身上去。当然，如果全都睡着了，倒也不是坏事，等戏演完了，时间到了，请大家起来，诚恳地给大家谢个幕，一起回家，一千多人一起大睡一场，各自回家，不也是一件挺写意的事情？写意到极致了。

　　我没开玩笑，历年来在台湾所看过的"莎士比亚"剧，多半会睡着，或者看不下去了，或者看迷路了，看着看着，不知所云了等等，反正很惨。那么，演了大半辈子戏，这次轮到我们来演了，如果观众也发生多半睡着的情形，那就难看了，那还不如鞠躬下台算了。所以还有九个多月要演的戏，现在就开始潜入进去，了解了解，认识认识。

莎剧在许多英语系的国家，常常会是高中语文课本的教材。由此可见，它的可读性有可能超过它的可演性，也不能这么说，公平地讲，它是少有的，既可读亦可演的一种，文字华丽而繁琐的剧本。简单地讲，它的台词不像人说的话，像诗，又不太像，不论大小角色，连个路人甲、路人乙说出来的话，都不像正常人说话，不是发人深省，就是绕不过弯来。这个绕不过弯来要解释解释，莎士比亚剧本里，那种时时带有英文的重音出现的"无韵诗"的韵律，遍布在全剧中，而这些原来在英文中美好的音调，翻译成中文或其他国家的文字，就很难成为相得益彰的韵调。换句话说，因为语言不同，而完全走调了，虽然剧情还是原来的剧情。观众在失去好听的韵律当中，努力去消化大量的翻译工作，是不是能绕得过弯来，此乃一大考验也。演员倒霉就会倒在这儿。

你去看一个英国剧团在演莎剧，可以不用看，英文水平够，闭着眼睛听，就全"看"到了。因为台词里有心情，有景观，甚至还有灯光效果，它是有画面极了的台词，听到的是很好听的、像歌一样好听的英文"无韵诗"，所以欣赏起来不吃力。但是莎先生在创作的时候，没想到后来别的国家也会来演，他也没想过用英文去唱"京戏"或者念《赤壁赋》，当然，用中文去唱西洋歌曲 My Way，肯定也是"遍体鳞伤"，不是抬杠，真是这么回事。

还有，可以推论的是，四百多年前，演员表演的方式，还没有高明的斯坦尼斯拉夫斯基出现，当时的演员，社会地位蛮不被重视的。不被重视的重要原因之一，我们"将心比心"地想，可能是因为演员的演技还没有太丰富，所以剧本里的台词，才会不厌其烦地、又有音乐性、又能介绍出许多不同的情境，就像昆曲里大量的身段和细琐的唱腔，只要你能练得出来，观众就看不出来你在后台原来是多笨的人，你只要练得出来，内心戏有没有，情绪组合细不细，已然不像今天的电影那样，讲求生活，"真听""真看""真感觉"的理论了。所以许多电影在拍莎剧时，原本四个小时的剧，电影九十分钟，你也看懂了，也不觉得哪里不舒服。因为表演方式、镜头语言不同了，许多地方，文字性的原始情绪，就可以被拿掉了。不拿掉？再华丽的句子，都有可能变成肥肉，让人睡着了。

英文沾了原著的光还好一点，有些倔强的、厉害一点的英国演员，也会一字不删地演完莎剧。对观众而言，只是欣赏到了一次比五十个小楷多十倍的一幅五百个字的书法而已，"博览"了一下。

话都说到这个地步了，中国人还自找麻烦干什么？怎么演都好看不了了嘛！不，如果一辈子没演过，不妨演一次，如果一辈子没看过，不妨也看一次，那跟抱着一本书看，是很不一样的。

其他的，还有什么？演完再说。

有道是"戏在人演，球在人踢"……这场球是非踢不可了。

2008 年 5 月

最近老是不出汗

一些好的音乐，一些经典的戏，会一遍一遍地想，不断地去欣赏，这也是一种享受的行为，它是不能靠记忆就转化为知觉的事。

一九八四年，从朋友手上得到一卷录像带，是大陆的一个舞台剧《茶馆》，我大概在一个月之内看了二十遍以上。没人逼我看，那其中的感受、知觉和掌握，让我体验到一遍又一遍的当下，有多重要。

没有任何教科书是完美的，表演学尤其这样，因此在学习上最重要的课题，反而是要养成搜集各方资料的习惯。我没有。

演了三十多年的戏，当我心里没有准备好，心眼没有张开的时候，我的经验就算再丰富，小聪明再多，演出来的戏，依然不能让人感动，依然全无影响。这些年……我忽略的事太多了，包括写这个专栏，常常都是逼到门口了，才往外急着挤出来。让我

经典的《茶馆》

想起自己的小孩不用功、过于疏懒的时候，我凭什么来教育他们。人与人的感悟，是要实打实的，不能碰运气的，只有不断地劝孩子，一遍一遍地去做同一件事情是有意义的，只是它在等你的心灵什么时候做好准备而已。

无意中，看到一个年轻人写了三首像诗的东西，其中一首是："楼间、街花、闲/泥雨、若、平涧/高天、飞鸟、稀/日色、浸、人衫"。我不是很会念诗的人，看了好几遍，我觉得他把生活中的被动、慵懒，还有大自然、雨、人和时空的关系，似乎也都表现出来了，我写不出这种东西。另外几句："山河本无语，人祸自无常；冬雪熊不遇，万火生玉钢。"我问他后两句是什么意思。他说冬天的冰雪，让如此强壮的熊，都失去活动力而冬眠起来，而人的欲望还促使着，用各种方法去生产玉钢，"玉钢"是打造武士刀用的一种钢料，也就是高端兵器的意思。

我哦了半天，也说不出什么话，只觉得他好有感情，好有体验。谁说现在的年轻人没深度？他的想象力跟同情心，比我都齐全。他才十九岁，那是他第一次写的诗，不是中文系学生，是经济系的，我们的聊天，让我喜悦。想想自己这几年演的戏，又喜悦不起来了，加油吧！还能说什么呢？别真的成了"冬雪熊不遇"了。

也许是工作量太大，也许是不知道怎么集中剩余的体力，所以总是强颜欢笑在生活中，"强颜"总是"不真"，反而有点悲凉。从心所欲而不逾矩，还是那么遥远的……智慧。

许多有关智慧的理想，在我似乎都是一种空谈与矛盾，这些矛盾能改善或者调和调和吗？大概能，要不然矛盾就不叫矛盾了，困境也就不算是困境了。

我不能说电视剧的狭隘把我困住了，最近的舞台剧也不够好啊！我也不能用"养家糊口"来当成调和这一切的借口，这两者之间，一定有一种平衡点，属于人性里面的，大概是折中？大概是反省？大概是加强执行力？反正都得先从认错开始。而认错之后呢？谁会赦免我？

怎么样把生活中自己这点"不齐全"当成是一种"全"？怎么样在这么多年的妥协中，妥协得浑然天成？我好像不是那块料。

"治大国若烹小鲜"，说这话的人多可恨哪！我连铲子都不会拿，何谈柴米油盐，加油添醋，火候掌握，综合调味？

天快黑了，菜还没做好呢！家人回来吃什么？这种爸爸多不多？

那个写诗的年轻人，是我的小儿子，他经常是使我能够挺胸活下去的勇气。

2011 年 7 月

我与世界

　　这几年来，也可以说"年事稍老"以来，每天的起居作息，在节奏上多有变化。过去，早起时分是一骨碌就爬起来，刷牙洗脸的同时，已经可以把昨天晚上复习过的剧本，瞬间回想完毕，整装出门上班（去录像）的心情是："世界啊！我来了！"

　　现在，截然不同！被闹钟或是被助理的电话惊醒，惊醒前总是做着还没睡够的梦，强打着精神起床来，先灌一杯白开水，希望能迅速地把五脏唤醒，它就不醒！拖着步子、身子，开始洗脸，洗完脸还没醒，昨天晚上复习过的剧本，已经变成断层式的记忆，需要重新集合一遍，懵懵懂懂地吃完早餐，坐在出发去现场的车上还想睡，同时有一种感觉飘过，好像世界在对我说："我们来了。"真的有被工作淹没、被岁月冲袭的感觉。而这，令我觉得好跟跄。

　　那种猝不及防的状态我并不喜欢。我猜，"自我沉思"或者先做一些自我的事情，比方说"洒扫庭除"一番，比方说安心上个大号，应该是对苏醒有帮助的。可是，沉思和做些"整理自我"的事，都需要时间，体力不给我这一份时间，所以在能力上，很自然地就由主动变成了被动。当生活的主动让我无法掌握的时候，我就得学习在被动中争取主动，在扰扰攘攘的环境里，找到一点来自内心的清醒，第一个映入脑海的清醒，经常是更明白了为什么大多数公务员会在五十五岁就想申请退休，可是我不能退休啊！不允许啊！

所以多想无用，只有拿起剧本看看今天的工作，要如何如何地去面对，边看边思考着，似乎又找回了一些自我，也就像找到了沉思过后的我，自我开放、自我对话之后的我，我好像又可以对世界说："你们来吧！"随后又出现一个想法：今天的表演要真，要往自然走，千万不要掉进剧本所赋予的"使命感"，使命感的表演愈强，出来的效果可能艺术性会愈低。

尤其是大陆的剧本，也不知道为什么，大陆真的有这么多以使命感为主流的剧本。过去党有多伟大，过去世界有多真实，那么现在"真实"的世界亦何其广大。不管过去还是现在的"生活"，又是何其丰富？放弃述说它们，多可惜。

总结地说，我想让自己往"真"里去演就行了。表演还是要往现实里的"真"去做，才能掌握演员很容易会失去的"主动"。

我现在正在武汉拍摄电视剧，电视机里，铺天盖地地在播放各种战争片与谍战片，回放量很大，包括我自己演过的戏。我除了偶尔看一看，别的也不能参与什么，只能专心演戏，过自己的日子，那些，只是隔离不了的"世俗"。在自己生命的大交响乐当中，坐好自己的位置，别让自己太走调了。

如此说来，随着年纪渐增，我会愈来愈离不开自己、自己的故乡、自己的内心、自己的事业，以及与世界和平共处的"关系"。

那还要拍几年的电视剧呢？而且还要拍好它？体力如江河日下，工作量却像沙尘暴般地涌来，每天早起时，老朽而被动地坐在床沿，思绪跟着琐碎的事务而琐碎，理性不管用了，不神圣了，怎么办？"我"怎么办？不就是想把戏给演好吗？虽然都知道这可能是劳逸不够结合的结果，但是未知"生"，焉知劳与逸？

每当这个时候，跟家人打通电话，跟最亲密的老婆、孩子唠上几句家常，或者让自己早睡一点，就可以早起一点。起来后别看电视，别抽烟，打扫一下房间，属于自己的空间，收拾完了，就好像又回到那个久居的庙里了，过着"担水砍柴，无非妙道"的生活了，家人，我爱你们。

2011 年 8 月

没什么不快乐

　　一个人在家里，客厅里放着餐桌、画桌，还有一间小卧室，一百平方米左右，家人精心装潢过的。每一样家具、器物都好熟悉，又不是太熟悉，因为和它们相处的时间不长。这次回台北休假，只能有一个半月的时间，对十五六年来经常在外地拍戏的我来讲，一个半月的假太短了。有一次，一个人拖着行李，傍晚走进家门，看到那些家具，告诉我到家了，闻着家里的空气，我一个人在傻笑，我是笑着的！！！一个人！！！

　　下个戏的剧本，一大摞，还没开始仔细看，之前粗看过，不能急，先把之前两个月来的工作尘埃抖干净了。两个多月不停地拍摄和表演，中间有多少与人共处的快乐、沮丧、飞扬、沉闷、思考、沟通和以上所有加起来的疲倦，在回台湾的机场走道上，已经在不断地剥落，飘走，丢掉。

　　下个戏，又将是一项重新开始的工作，当然准备得愈充分，工作会愈有劲道，愈轻松，骗不了人的；除非自己骗自己，那就什么也别提了。"创意"，最近很时尚的话题，对我来讲，永远是在"方死方生，方生方死"的工作里，在白热化的状况中油然而生的一股解决问题的能力而已。你想刻意去安排它，它不一定就出得来，必须在现实的环境里，经得起"涂涂抹抹"。我说的"创意"，纯粹是指表演的创意。

下个戏，电视剧里算是大戏。一个家庭，在中国的改革开放初期，混混沌沌中，一心想走出原地，随着开放的大潮，摸着石头过河，经过无数次的失败，再起，再挫折，再爬起来，从一无所知中，学到了做生意的知识，每迈出一步，就被环境中的阻力给抵消。我要饰演这个家庭中的父亲，带着头冲，由于他的一心一意，渐渐地就充满了自信，充满了力量，失败和挫折对他而言，已经显得黯淡，显得渺小。从这个角色身上看到人自以为迷途，或失落，或尚未成形的自我，其实都不是那么重要。重要的是当世界改变的时候，我们都不需要去逃避，都得去经历；那个天真而充满信心的童年，已经模糊的时候，就不要再去留恋，不要再彷徨。趁着中年还可以担负重量，任劳任怨、赶紧不懈怠地努力，等到他尽了责任，获得智慧以后，他就可以坐在家里含饴弄孙，成了一个可以欣赏世界、玩味生活的老人。

这个剧本不同于许多其他大陆剧本，在于它取材于真实生活的地方更多。一个社会一定有它不同的阶段、不同的风姿。这个老人在成长中的国家一路走来，曾经孤独地走着，在孤独中看到

《创业年代》定妆照

他的纯真，好像要模糊了，要静止了，要不行了，结果在他那如夕阳残照的脸上，因为他的固执、他的专注，反而给他焕发出了金红的光彩……以小看大，由一个家庭的变化看到了整个中国的普遍变化。

我还要再仔细地看一次剧本，看着看着我会愈来愈像他，他会愈来愈像我，我不也是曾经一个人地走过许多人潮，无垠的海洋包围过我，一时看不到过，一时想不通过，唯一想通的是，时代不可能会回头的，希望他们找我演是找对了。一个波涛滚涌、方兴未艾的年代，当我们一起走过的时候，勇敢地走过，不管孤独还是不孤独，我都更了解了中国，如同我演完了《奥赛罗》，我就更了解了一点莎士比亚。

这出正要去拍的电视剧，叫《温州一家人》，也叫《创业年代》。

2011 年 9 月

我被莎士比亚杀了

上帝的创造是"无中生有",人类的创造是"有中再有"而已。这"再有"的意思并不是指新发明了什么以前没有的,而是在既有的里面,开拓出了一个不同的"表现"而已。换句话说,就人类的创造而言,哪怕是制造业、发明业,也都只是不同的"加工业"而已。

如果是这样,那么许多事就好说了,比方说莎士比亚,他创造出空前的戏剧表现形式,但是他也是从他之前的戏剧世界学习了"世界"里的奥秘,然后以他、或他们自己的方式告诉世界。所以,莎士比亚也只是在"诠释"戏剧文化,诠释上帝已经给过的创造,诠释别人的"创造",诠释别人的诠释。用了别人的方式,但是,他用了他自己的语言。

在台湾学习研究戏剧的人,不知道有多少,我应该也算是其中之一吧。诠释过莎翁的大概也不计其数;最早看到的中文本,是梁实秋先生翻译的，把我看得……累死我了。直怪自己程度不够，可是为什么看"雅舍小品"却那么津津有味呢？现在知道了，语言不同，大师也无奈。

大概是三十八年前，第一次看到莎剧的演出。由文化大学前身的文化学院戏剧系演的，导演是王生善（抱歉，名字写对了没有？不知道），怀着朝圣的心情去看的，我错了，看了一半就睡着了。好像是在植物园的艺术馆。过了几年，又看了黄美序导演的《李尔王》，郎雄老师演李尔王，我没睡着，我又错了，因为我睡饱了去看的，看得我站在南海路上……不知何去何从，我还要不要热爱戏剧？还好后来去看了几场云门舞集，气就消了，原来舞蹈业的加工能力，跟戏剧业差不多！不怪谁，绝不怪谁，我既不会演又不会跳，要怪大概只能怪他们的创造或诠释里面，使命感都太强了，所以往往出来的东西，呐喊性比艺术性高出了许多。打不到我心里，我只是必须礼貌地拍手，拍到红了，才不亏欠地走出剧场。

时光一变，镜头一转，该我和金士杰上台演《奥赛罗》了，莎剧的四大悲剧之一。演吧，说别人说了半天，都只是在一些故纸堆中找文章、讨生涯。不知不觉，自己也将要成了今之古人而无可奈何。

但是只要肯坦白检讨，今之古人也好，重新犯错也好，都不要太在意了，古人的作品虽然可能有未尽之处，但是也没有那么容易就被重新诠释了。诠释和创造的本意，本来就在于有没有能力先找到前人的不足或者未尽之情、未尽之言、未尽之理，而去

和金士杰参加张小燕的综艺节目

补足它，这才达到了诠释或创造的原则。否则，像我演完了《奥赛罗》，就算诠释过了，那就不是了，而且大不是，我只不过是经过了一次莎剧的洗礼而已。不同的是，我用他的语言，照猫画虎地过了一个场而已。

莎士比亚演出的反省：要熟读剧本。仅只是欣赏剧本和研究剧本的人，跟排练了又排练、演出了又演出所感受的角度和温度是不同的。最好能两者愈结合愈好，要搞清楚剧本所发生的时代、背景、环境、人物的背景个性和社会的习惯，"愈清楚愈好"。还有那写实、写意、写情、写景的无韵诗，要处理得相当熟练，熟练到就像一个现代诗人、散文家、政客、神经病一样的自然而且合理，这样，你可能就可以上台去，诠释诠释莎士比亚了。别以为以上谈的东西很容易做到噢！要做得准确到位，在我记忆里，台湾还没有一个人……

未来，我相信很快就会有，其实莎士比亚剧的演出没那么难，只是以前的人，都没有真正地、彻底地、贯彻地去练习莎剧的语言，所以我们的"创造"就成了"不彻底"或"不完全"的一种失败的标记！这是我个人的反省报告。

如果我们已经可以把莎士比亚原剧本、原时代都掌握住了，那么，你再去改变他的时代、服装，甚至性别，都不会伤害到莎士比亚剧原有的独特性。

2011 年 11 月

Chapter $\boxed{2}$

幕后人生

老师，真有意思

　　天下的老师太多了，古代的、今天的，学校的、工作的，生活中的、思想上的，感情世界的、心灵事业的……老师太多了。会让你回忆中充满感谢的，就不一定多了。但是一定有，当然这些都是出自主观的东西。

　　来算算吧……幼儿园的时候，一九五七年，没有！脑子里的老师好像都是广告画上出现的路人，只有身体在动，没有面孔了，真可惜！记得一张脸也好啊！一九五八年上小学一年级，级任导师姓汤，对我们很好，再加上这个姓，算记住了，个子不高，女的，四十多岁吧！小学二年级就转学了，听说这个学校比前一个好，升初中的比率较高。二年级的导师李冈市，听这名字就知道是台湾本地人，个子高，健康，日本味很浓，有正义感。

　　有一次下课的时候，我们跟隔壁班打架，我打在最前面，小拳乱挥，挡者披靡，我还记得，隔壁班那个带头的小孩儿，在节节败退中，充满恐惧和讶异的那个小表情。我哪里会打架，只是没想到情势会发展成这样，几十个小朋友就在窄窄的走廊里冲过来、喊过去、起哄，我正在神气地打着打着，不知道从哪儿丢过来一颗石头，正好打在我的右额头上，把我打蒙了。接下来的画面只记得上课了，全班都是站着的，我一个人在哭，哭得泣不成声，委屈啊！李冈市老师一边替我这个外省小孩揉着头，一边对全班说："你们太不团结了，让李立群一个人在前面冲……"言下之意是我"没错"，还是为了班上的荣誉等等，听了实在是让人太安慰了。

一九五九年，"二二八"的影子，并不一定使人都能忘怀，包括李老师。但是她对我这个外省子弟这样没有嫌弃，给我留下的印象是爱的教育，自然而然地也默默地让我记得一生。希望李冈市老师终生幸福、健康。她今年大概不到七十岁，想当年，那是一个多年轻的时代啊！邓丽君才六岁，《绿岛小夜曲》和《望春风》同时正流行的时候……

时光匆匆，自己的学业欠佳，跟老师的互动也就不多，留下的印象自然就不深刻，都是一些突发的片段；到了海专的时期，老师给人的感觉也愈来愈"印象派"。一位西班牙语老师，姓什么我都忘了，人瘦瘦高高的，很情绪化。有一天上课的时候，他拦截到一张同学们在传阅的相片，是我在码头边，空手劈砖头的照片。他拿到手上一看，哎哟了一声，就问："这人是你们班上的同学吗？"大家自然说是我，老师惊讶到几乎佩服的地步，很兴奋地说："这是中华文化呀！太了不起了！"于是当堂宣布：我给他西

就是这张在海专码头空手劈砖的照片，让我过了西班牙文

班牙文"过"！我的西班牙文真的这么过了。这样的老师，你能不记得他吗？手劈红砖就算是中华文化了，真是惭愧，惭愧到西班牙去了。也难怪我的西班牙文，到今天就只能说"谢谢"了。

还有一位数学老师，东北口音很重，长相气派像个将军，又不苟言笑，但是上课偶然会迟到，每迟到必给学生好处。比方说他有一次迟到了二十多分钟，人来了，班长叫完起立、敬礼、坐下的口令，他立刻也举起了右手，很干脆地对大家说："上课下课同时举行！"转身就很酷地走出教室去，有的同学高兴地在后面大喊：老师谢谢啦！东北老师头都不回一下，显然事先已经设计好了，只是特别走来，让大家爽一下。

还有一件事，仍旧是他。我是海专第五届的，毕业典礼上，我代表毕业生致答词，海专学生一向不屑、也不善于做这一类的表现，讲白了就是没有这一类人。我当时已经在校外与别的大专学生组成了"中国青年剧团"，演出过几十场舞台剧，致个毕业答词太难不倒我了。当天，中气十足，抑扬顿挫，语调流畅地，阳刚中带有柔情，把现场的师生都默默地给震惊了一下，留下一个算是美好的句点。

好了，第二天，我又夹着书包去学校补修数学，致毕业答词的是我，没能毕业的也是我，东北老师正在教师休息室休息，和别的老师还有教官在喝茶聊天，我忘了我是为了什么事情，反正要到教师休息室去一下，正好听到他们聊起昨天的毕业典礼，还正好聊到那个致毕业答词的学生，"哎呀！他致得太好了，海专没有这样的学生，文情并茂，真好！"正都夸着我呢，我就进来了。"哎！你不就是昨天致答词的那个同学吗？"我说："是！""你今天来干什么啊？"我苦笑了一下："我今天是来补修您的数学。""啥？你的数学没过啊？"再苦笑一下："是的。""那怎么行呢？我从来没听过这么好的毕业答词，我给你'过，……'"哎呀！我当时听到"过"这个字是"如雷贯耳"打到心里去了，可是依然很惭愧，又不安地问老师："可是还没有考试呢。"老师爽朗地说："你放心，我记在本子里，现在就过，你明天不要来了。"我真是……真是不知道说什么好，叩头如捣蒜般地离开了办公室。偷瞄了东北老师一眼，他笑得比我还灿烂，笑得好气派，像个将军，说不定他就是个将军。

还有一位英文老师，只是因为我听了他的话，礼拜日去了一次台北新公园，到露天的音乐台去参加了基督教布道会，与大家一起祈祷了一次，他让我的英文"过"！天哪！再说下去就不好意思了，还好我还会开船。可是你别瞧不起我们学校的师生，敝校还出过不少人才，包括电视演员郭子乾，还有一位学长大郭，叫郭台铭，你看他们俩长得都像，就是块头差了两号左右吧！

怎么说，我还是感谢西班牙、数学、英文老师，他们让我"过"，我也没有浪费他们的"心"，我都放在表演学习里了。这不，到今天还在"发扬中华文化"吗？感谢主。

2007 年 4 月

练拳，是一辈子的事

天底下除了父母亲人之外，对我影响最大、回忆最多、最深的人，正应了我们中国那句老话，"相识满天下，知交无几人"。

我的师父，我当然不能用"知交"来称呼，但是在拜师之前，我十七岁，他六十八岁，他在台北吴兴街山边的松山寺里当居士养老，我几乎天天去寺里游玩，那时候我还不知道他几岁、之前是做什么的、背景如何，都不知道，只是常与他在庙廊上聊天，而且愉快；十七到十九岁那两年，跟他可算是忘年交吧！在那个山边的大刹里。

小时候喜欢运动，甚至喜欢追寻一些中国的传统武术，寻寻觅觅的那几年里，其实也没遇到过什么正经专业的武术家，顶多只是遇上一些上一辈的"武术爱好者"。他们的心态，也大多是以"终身练武者"自居和自勉，其实内功、外功的基础，还不能谈得上是"大家"；但是，都能说，擅辩，且好批评，却少有能够真实地展现出具体的功力，而使人心服口服者。但他们的人生，倒也都能身体健康，怡然自得。

十七岁，初中毕业后的第一年，在台北车站旁的"立人补习班"度过，书读得太差，升学之路高不成低不就，父母无奈，自己也少言。不知道自卑，也没有恐惧感，倒是常常在二二八公园，当年的台北新公园内任意地徜徉。偶尔进博物馆去乘乘凉，看看各种人的各种画展，各种雕塑展，以及旁观一些在公园的许多角落里、林子内练武健身的人。当年，以练武为健身的人数，在人口比例上，应该比今天要多多了。

新公园有来自各单位的公务员、商人、学生、军人，在上班上课前，多如菜市场里的人，在那儿各练各的，有模有样，而且门派之多，不是今天看得到的了。其中之热闹，有汗流浃背蹲马步的，有练拳练掌的，有练各种兵器的，太极、八卦、擒拿法、花枪、流星锤、七节鞭等等，几乎是眼花缭乱。其中有的师父性情急躁，对学生声色俱厉，有的收徒收多了，人多势众，便显得嚣张、狂放，甚至于也会与另一群对他们不认同者剑拔弩张起来，像一个小小的武林大会。每天清晨一波，下午又一波，可是似乎其中少见好手，或许有高手经过那里时，也只是旁观而未显露什么，也或许有好手曾经露过一些精彩，我没看到。

有一天，很偶然地认识了一位从香港来台湾念台大医学院的香港人，三十余岁，姓梁，他随当时的功夫名家韩镜堂老先生练过"八极拳""擒拿法"，我随他练了生平第一趟拳，是天津的功夫家"霍元甲"所创出来的"迷踪拳"。和电影上李小龙所练的那套两回事，我用了将近一个月的时间，只学了半套，至今还依稀记得，似乎尚可走完架子，还没忘光。所有的练武者，所需要的"压腿""扑腿""飞脚""出拳""出掌"的基本动作，就从"迷踪拳"开始了，似乎也同时开始了我在武术世界里迷失踪迹的一种"尚武"的过程。

听得多，看得多，知道得多了以后，就是练得不多。但也开始偶尔能够与人辩论辩论，胡乱地用嘴巴来切磋切磋，在彼此偶有所得的神采中，以为这就算是接近武术了；就好像后来又认识许多从事艺术欣赏和艺术创作的朋友，喜欢听，喜欢聊，喜欢知道，就是不真能多知道，就像一个静思过的灵感，如何能透过训练，透过技术，具体地把它执行出来一样。但是无论如何，你不可以说这种人是终其一生只能算是个艺术创作的"爱好者"！那就得罪人大了，也暗示了我们自己忽略了人的可能性。你也许只能说：在这个"感谢过去""珍惜现有""盼望未来"的美好因缘里，这些人，就像是林中的巨木或者小草一般，有着同样的生命的庄严，不分高矮地迎向苍天，与什么永恒、搞上一点什么关系的见证等等，除此之外，不能乱说。相信我，在这一点上我吃的亏可大了。你不觉得吗？这年头半吊子太多了，我大概就是个经典，闯江湖，跑码头，靠那点表演的经验，兵来将挡，水来土掩的，且战且走了三十余年；还好，娶的老婆，生的孩子，都比我强。这太重要了，否则我不是冒失一生，连老实做人都找不着方

咱也是个"练家子"

向了。不吹这个，回到师父。

前面说过，在初识师父的头两年里，仅只是没大没小地聊天，也不知道他什么过去，又觉得他好像也懂一些武功，一口浓浓的宁波口音，幸好我从小就对大江南北的方言都听过一些，否则站在那儿，就不知道要说什么了。

我是渴望能练点什么武术，师父却不是谁都想教。这种状况，被当时寺里的一位中年出家僧"明真"法师看在眼里，他喜欢我，就跟师父多说了一些好话，诚恳又随意地推荐过几次。师父平常就尊敬出家人，便随缘般地首肯了。接下来就是拜师，要叩头的。拜师那天，我叩头的时候，师父是站在我的右前方，很自然很自然地顺着叩头的动作，把手一带，把我叩下去的头，如果有什么磁场的话，那点儿小磁场，就被他那么一带，带到了墙上贴着的南无释迦牟尼佛和阿弥陀佛的像上。好像我拜的不是他，而变成了拜佛陀，他就像是一座桥梁，但又好像是接下了什么，我要学的似乎已经不仅只是武功了，好像又加上了对佛陀觉悟生命的一种学习了，玄。

从叩头拜师那一刻起，说也奇怪，我平常对一位老人的忘年之交的那种自由，立刻就消失了。师父的一言一行也不像从前，严肃了好多，那种在小屋子里（约二十几平方米）两人的对话，听师父庭训的气氛，如今回想起来，包括和我父亲都不曾有过。我这一辈子（当时的一辈子），没有任何一个人这般的让我尊敬、信任和专心地听过。师父在教我一些暖身的瑜伽动作和基本的内功调息、气沉丹田、吐纳法等气功的过程当中，我才知道，我面前的这位老人，简直就像是神话里的人、武侠小说中标准的高手，大隐小隐都有的在这个台湾台北的松山寺里，随着暮鼓晨钟，活着。那年，他七十岁。

他的一双手掌，粗大而刚硬，铁锈色，就像一只大鹏鸟的爪子，除了指甲不像。一旦它向你缓缓地推过来的时候，而且还是轻轻地、善意地过来的时候，你如果不快点躲开，你会清楚觉得这只手的掌背，便可把我的胸膛击碎。万一为了自保，用双手去抓着缠住他那只大手，他只要轻轻一抖，我便像一个假人一样，被飞掷出去两米多，跌坐在靠墙的破旧沙发里，除了傻笑之外，毫无招架之力。当然，他用的就是太极拳里所谓的"内劲"，而且火候之高，在当时的名家当中，我所看过的人里，无出其右者。他的力道之大，我根本无法探索，再想多问，也难得究竟，只能从零开始，一步一步地练。

师父常说的话是："拳不要急着想打好，那是一辈子的事……内功要先练好才是重点……师父的功夫是黄金，是要让你们练到天上去的……"这些都是原话，我当时一句也不能真听懂，现在想起来，试着翻译翻译，就是说：师父的武功是得来非常不易的，要心无二用地练习，如果练好了，不仅只是一技之长或健健身而已，是让我们可以有根有据地、有道有理地追寻一辈子的"功夫"，这种功夫就是一种修道的"道"了。用比较入世的角度来看的话，一个人如果能有如此高深的武艺修为，仗着它给你带来的体验和智慧，自然可以在红尘之中，常住在内心的宁静里，不受外界的缠绕，这么，不也等于练到天上去了？高明的武艺可以置人于如此，高明的艺术品，或艺术创作行为，可能都有这种积累的作用吧。所以太极拳打了一辈子，打得靠谱的，其实不多。

师父的过去，许多部分我是听师兄们说的，实际的资料究竟如何，我都没问过他，他一般也不提，只知道他年轻时家境很富裕，才能重金聘请名师来家传授武术。他和张学良先生曾经同拜过一个师父修习打坐，张学良在上海时才二十几岁，人称少帅，所请的师父当然不会是泛泛之辈吧！

师父年轻的时候拜过许多名师，练过许多功夫，主要还是郝派的太极内功；后来他与上海的青帮老大杜月笙先生投缘，互相欣赏，他和另外一位武林高手，同时就用武功保着杜先生，不是保镖的保，用现在话说就是"挺"，用武功挺。平常不露面，名字也不入青帮家谱，纯属互相敬重的私交。杜先生人称"上海皇帝"，师父的绰号叫"小皇帝"，这些是听师兄说的。师父自己亲口说的是：当时如果碰上青洪两帮、黑白两道都摆不平的问题时，杜先生就会打个电话给我们，我们两个一到，事情一定要解决，怎么解决？就是当着所有人的面（各路人马吧）说：今天这个事情，就按照杜先生的意思了，侬回家吧！所有的人也不会坚持什么了，一会儿工夫就渐渐离去。我到今天都不十分明白，那是为什么？

会跟杜先生弄得这么僵的场面上的人，来头不会太小。身上、旁边，都应该带着家伙或者人手，为什么就那么简单两句话就解决了？玄。靠江湖地位吧？他没有杜先生的声名高。靠关系吧？杜先生的关系肯定最丰富。那是靠什么呢？靠"气"！内功深厚所呈现出来的一种"气"，眼神里的坚定和信心所传达出来的一种"杀气"吧！已经很清楚地让人可以看到，今天如果不照着这话做，不管你带了多少人、多少枪或斧头来，都会在刹那间躺下，废了，我想了很多年也只有这个可能。

　　听师兄们说，师父在民国二三十年的上海滩，年纪三四十岁，武功还在长进，五十多岁时是他造诣最高的时候。一九四九年国民党撤退来台，杜先生把师父介绍给了蒋介石，据说师父不习惯在蒋身边，短时间就离开了。可是，在他五十几岁、不到六十岁的时候，应该是在离开"总统府"之后，没有人知道是什么原因，师父受了伤，听说是被打伤的，被一个练"铁砂掌"的好手打到胃部，而师父的气功掌把那个人的头打碎了。

　　师父练的功夫、身法、手法、步法练自何门派，我们都不清楚，只看过他示范演练过几次，雄浑而轻巧，四周都好像散出一圈一圈透明的气团，真让人看了惊叹，而立刻明白什么叫做"化境"！这么好的身法，不是很高明的人，真的是无法近他的身，真的是练到"静如处子，动如脱兔"，加上他真正的功夫是强大的气功，也就是典型的"金钟罩"，练得好的，确实是可以刀枪不入。他亲口说过"刀枪不入是小事情"；可是问题在于"铁砂掌"练取的是铁锈的精华，气功练取的是大气的精华，"金钟罩"可以刀枪不入，但是碰上功力够强的"铁砂掌"就犹如一颗老鼠屎会坏掉一锅粥一样。铁砂掌是金钟罩的克星，内行人都清楚，也都格外地提防，结果这两个人还是碰上了，双方的功力肯定都不低，否则不可能发生那样的结果。不是非常之人，不能行此非常之事。

之后，师父躲起来自己疗伤，中西医都不能直接治疗，没有解药，伤得又重，其他细节都没有再听说，只知道师父很早就来到松山寺，见过主持人道安老法师，寄宿在庙里当居士，每天要调息，打坐，保护那个受了伤的胃。

铁砂掌在师父心中是什么样的情结？江湖恩怨在他心中是怎么处理的？我不得而知。远离家乡漂泊到台湾的庙里，度过晚年，练武这一条路，他一定得贯彻到底。他很了解他自己这一生，从行走上海滩意气风发，到日后的是非曲直定论，完全系在他自己如何接受命运的安排，让生命中所有过去的欢乐、悲伤、痛快、智取、豪夺、耻辱、挫折，都能在一个慈悲为怀的天地里，让无边的灵魂把过去的一切都能消融于无形。他不说，我永远不知道他会有这样的过去；有人说了，我除了大惊之外，从他的相貌和眼神里似乎又都对得上号，全都像写在脸上一般，像写在《水浒传》里的后两回合一般，《水浒传》的后两回合，长大以后再看，我觉得最有价值。

他年轻时苦练出来的功夫，继而金玉功名的追求，都让他执迷过，精神也上了不少枷锁。师父是一个非常聪明的人，他知道只有摆脱了这些，才能得到真自由。他的功夫保他后半生的命，留着后半生体会到了众生的苦，他发现了真的自我，达到一定的圆满。老年时，心脏经常会停好几十秒，继续又跳几下，几乎都是靠打坐维持生命状态。他去世之前两个月，自己就去定制新的棉袍，吩咐弟子们在他断气以前要穿好，断气以后四十八小时不要触碰他的身体，让弟子们轮流在床前颂《往生经》，他的最后一句话是在弟子们为他穿棉袍的时候，全身疼痛之下说的：你们以后不要再吃肉啦！

我当时不在场，而且已经是十年不在他的身边，去当兵、当演员了。有一天我突然很想念当年在松山寺里相熟的明真法师，恰巧又在路上相逢！我把久违了的明真法师请到住处聊了许久，我说我想见见师父，方不方便？师父现在何处？听说已经住到徒弟那儿去了？第二天，明真法师在电话中告诉我：立群，昨天我们在谈你师父的时候，他已经在松山外科医院走了，而且吩咐弟子两天不要碰他的身体，如果你要去看他，就开车过来接我，一道去。

到了医院，看到师父躺在床上安详的表情，像是睡着了，还略带一丝微笑感。我看到好几位师兄姐弟们在念经，示意我叩头，我立刻就叩了，明真法师加入诵经的行列。我端详着师父好久，他似乎知道我们来了，否则怎么会有昨天我和明真法师的重逢和聊天起意的事。那一年师父八十，我二十九，一九八一年。

想起师父单独教我一人吐纳时的每句话、每一个动作、气沉丹田时的示范，看我略有进步时慈祥的微笑，送我相片时在背后谨慎地留字，我早到二十几分钟去庙里练功，不敢进屋去吵到他打坐的那个身影。在我当兵的前夕，与师父两年不见的我，夜里去看他，一见师父，心里难过泪如雨下，师父大大的手，摸着我的头，无比温暖。好安慰好安慰的感觉，立刻就不再哭了，不委屈了。他告诉我：你现在气血已衰，成不了大功，但是师父以前教你的那点功夫，只要经常练习，仍保你终身健康，家庭幸福……我经常忘了练习，但是依然感觉"受用无穷"。

　　其他的徒弟们，不知现在何方……

2004 年 12 月

另一种黄昏

一九三八年，抗日战争初期，日本陆军的装备是全世界数一数二的，来参军的日本青年，士官级以上的都受过严格的非短期的军校训练，士兵的学历普遍都是初中以上，大部分的男生在小学体育课里就学过一些相扑、剑道、柔道等等运动，那年代，日本已经是物阜民丰、明治维新很有成绩的一个强国。部队里剑道、柔道上段的大有人在，单兵作战训练都很扎实。他们侵略中国的动机，是效忠天皇，以及为日本扩张领土，夺取资源；对一个军人而言，这理由当然是够光荣的了。

士兵的体格强壮、勇猛，训练精良有方，一个连应该有多少人就有多少人，不足了，立刻会补足。"三八"式步枪人手一支，全新的；刺刀又长，弥补了不少日本人的身高；劈刺的技击术，没命地练；穿的戴的都是全棉料紧织的斜纹布，或者冬天的呢子料；钢盔也厚，子弹也够，体力营养都是一流。

穿着黄皮靴子，背着枪，随着上百万的同乡到中国来。不敢说是为了中国的苹果好吃，还是中国人好欺负，还是无奈地在执行军国主义的命令，还是在悬殊的优势对比下，到战场上来品味品味生命的意义，还是来寻找一些全无意义的战争哲学，还是干脆就怀着打猎的心就来了。不管他们全体或者个别都是怎么想的，总而言之，他虽然强，但是他一定要赢，他也不想战死在他乡，再也见不到亲人。

中国的战场够大，大到也够打的，部队的状态基本上是一盘散沙，少有能打的，表面上都是听从中国战区最高指挥官蒋委员长的。实际上，地方的军阀部队是有很大比例的，有东北军、西北军、西南军、两广部队、华北部队，以及蒋介石的嫡系人马，训练、装备、素质都良莠不齐。最相同的一点应该是，部队的人数并不一定是全员到齐，也就是说一个连如果应该有一百二十人，一般的连队能够有九十人就算是个大连队了。其余该有的人呢？有的是阵亡或者负伤补不齐，有的是连长不上报所以新兵就没来，有的是兵源不够拉夫强拉都拉不齐。

但是甭管齐不齐，一个部队该有的补给和薪水，军政部（当年的国防部）依然会按照编制的数量来发，所以缺额的补给和薪水就被连长或营长，或团、旅、师长级的长官，理所当然地收进自己荷包里了，这叫"吃空缺"，不吃的人极少，是极有大志的人吧！

刚开仗的时候，中国部队的装备勉强还行，少部分有优良的德式装备，基本上是拍宣传片，拍海报用的，很快就打完了，打完了就自己想办法了，关系好的，后勤补给不断，关系不好的，就取之于民，不必还于民，没空还也没有民敢要求还。关系与中央不好的部队，其实有很会打的，不一定是爱不爱国的因素，就是很单纯的不想死、不愿意死、不能死的一个原始动力而已。

有一天，在中原一带的战场上，有一个中国军的连队，奉命要坚守一座桥，桥对岸有一个营的日本步兵，晚上会攻过来。白天攻，谁攻都比较危险，还不如好好休息，晚上可以把对岸的"支那"丐帮部队一扫而尽，犹如往常秋风扫落叶般地随其意、遂其志地攻下一块中国领土。

中国守军这一连，是关系不好的那种连，全连官兵不足九十人，只有连长本人和一个排长和七个班长是能打点仗的。全连一挺重机枪都没有，有九挺中式的轻机枪，几枚手榴弹，几十把"七九"的旧步枪，子弹够一晚上用的；士兵官都穿草鞋，士兵的长裤只到膝盖，以下就打绑腿，军毯在油灯底下看都能透光、够薄。连长很清楚自己连的实力，过去一年多，起码与日本部队战过五六次，几个班长和排长都是随着他一路打下来的，没死；因为不识字，所以只能当到班长或排长，但是会打、能打、不怕打，当过土匪的也有，被连长从死亡或刑场边缘救下来的也有，能有口饭吃就行，"国家民族"在他们脑子里仅只是个口号，连长才是他们真的患难与共的"大哥"。

一晚上的仗，就只有这几个人在打，其他的几十口子，全都趴在掩体后面，不让他动，就一点都不可以动，免得碍事，少部分胆子稍大，人也机灵一点的，就爬来爬去送送子弹，随时听候连长命令。对方一个营的日军擦完枪，抹完了刀，吃完了牛肉，在"闭目养神"，似乎已经感觉到桥对岸的"支那"军，缺乏装备、缺乏历练的一股贫血味。

黄昏时刻，中国军便开始悄悄布置，百来米长、七八米宽的一座水泥石块桥，幸亏日本军来袭的只是步兵营，而不是炮兵营或装甲营。步兵营再凶、再厉害，他也是肉做的，他也得用两只脚来行动。一般的战术里，他也就只能一鼓作气地冲过来拿下对方的桥头堡，打退敌人，占据阵地，别的高招，一般没有。

国军连长，二十四岁，黄埔军校十二期毕业，身高不到一米七，身手却算矫健，用步枪打三十米以外的雀子（麻雀）少有失误，而且能不伤到民宅的瓦片。在学校受训时就是体操、射击、劈刺的好手，在传统战争期间，这是想克敌制胜的基本条件。连长不敢要求连里所有士兵都能有此能耐，只极力要求手底下那几位班长、排长要尽力做到稳、准、狠，要学会以虚驭实、敢打敢杀，要守军纪不可在民间逞强，否则重惩不怠。才二十四岁的他，懂得坚持用这一套来带兵打仗，算聪明勇敢的。

连长和排长、班长们，找好位置架好九挺轻机枪，指向桥对岸造成交叉火网。夜幕低垂，天整个黑了，桥对岸带头的日本军官，带着一群一群的日本军，发出鬼哭狼嚎的声音，充满杀气，快速地冲上桥面。嘈杂的脚步声、嘶喊声，透露出日军的凶狠、

当连长时的父亲

团结与傲慢，把趴在战壕里的中国士兵，吓得挤在一堆，捂着耳朵，有人哭，有人发抖，但是都在原地，不敢逃跑。

连长亲自把住一挺轻机枪，其他八挺机枪，由那几个土匪班长和排长把住，日军的皮靴声狂嚣地像浪一样推过来，愈推愈近，快速冲到了桥中央，再几秒钟就可以冲到国军阵地。对不起，连长的机枪响了，"当当！当！当！"其他几挺机枪，从不同的角度也"当！当！当！当！"地点放起来，九挺机枪是点放，而不是疯狂扫射的"当……当"！连放既浪费子弹，也显得外行，十几秒钟，日军倒下了一片，死了的，伤的，不叫了，唰一下子，迅速地退回桥对岸，消失在夜幕里。他们的心情可想而知，起码他们再度体会到什么叫代价了。

中国军的枪声静下来，壕沟里一片寂静，挤在掩体后面的士兵们，瞪着大眼看着那几个班长和连长，傻看着，有人讨论发出声音，就会被班长训斥："活老百姓！"士兵大多是拉夫，临时受了一点军训，还在想家，又不敢逃，营养不够，又黄又黑又瘦，空洞害怕的眼神，被班长一骂都不敢出声。许多中国军队也是这样的状况，害怕，训练不够，就躲在战壕里，左手举着枪，右手扣扳机，头躲在战壕里看不到前方，瞎放枪，只要手臂中弹，又不伤及性命，就可被当成伤兵换下，等待后送，就死不了了，这样的士兵不少。军官们本身如果不能打仗，全连一战就垮的很多，所以守桥的这一连，碰到这种对峙战，就会让士兵趴下，以免无谓伤亡，造成麻烦。

父亲年老时拍的居家照

桥的两边，静了十几分钟，日军又从夜幕中嘶嚎着冲过来，他们不信以他们的速度和装备冲不过来，这一次是零散开来，冲得更快，冲到一定距离，中国军依旧机枪点放，日军又死了一片，迅速地退回对岸。那一个晚上，就没有再攻了。其实，日军听到中国军队只有机枪，而且都是点放，心里大概已经知道，这回是踢到铁板了。

　　天亮了，桥上躺了一堆一堆的日军尸体，活着的日军没有动静，中国军队调防的部队到了，这一连，战斗一晚，无人伤亡，完成任务。

　　对谁来讲都一样，不是每一仗都可以这么顺利的，一念之间的判断错误，有可能变成另外一个结果。战场上的遭遇，不是每一个伤口都值得骄傲的。这个连，胜利地完成一次任务，把胜利缴给国家，他们又投入另外一个不知名的战场去。

　　这些事我怎么会知道？是我父亲跟我说的，他就是那个连长。他跟我说起过许多次不同的战役、大会战、对峙战、遭遇战、肉搏战……可是我从小到现在，没有看过一部电影或电视剧，是像他所叙述的情况。到底是谁在说谎？还是谁在改编故事？把故事变得主题过强，以至于有骨无肉，生动不起来了？

2006 年 12 月

把这篇念给"她"听

我出生在新竹，两岁多就搬到台北了。对新竹的记忆也就是三岁以前的记忆，就只有一个画面：有一天，妈妈抱着我，指着一列坡堤上经过的火车，好温柔好慈祥地对我说：火车。就记得这个，妈妈后来当然不记得这一幕了，所以我长大了也不能再问当时是何时，于何地，旁边还有别人否。非常单纯的一个记忆，连火车经过时必然会有的轰轰隆隆的车声，在我脑海里都没留下印象，只有安静、祥和的母子对话。我甚至还能记得我当时的表情就是幸福和安全的一种满足，两岁多的我。

妈妈当时算来才二十八九岁，一个十分清亮的、来自北平的女人，身高一百七十二公分，比爸爸高。我被她抱着最过瘾，因为从她怀里看下去好高，又好安全。别的妈妈们有时会把我借去抱一抱，我都是因为听妈妈的话，为了维护家教的关系才肯让她们抱。其实真不过瘾，而且还得私底下小心点，可别被不熟悉我的人不小心给摔下来，这些事也还记得。

如今妈妈已经八十二岁了，一百七十二公分的身高，略弯了一些。前十几年我还会经常让妈妈躺在我的背上，勾着她的双手，弯下腰去，使她能倒拉回来一点，她也乐于此事，因为真舒服，现在当然不敢再做这个动作了。这几年，妈妈耳背了，不算严重，但是算典型的耳背，每天想对她说的：妈！出门过马路要小心……千万别滑倒……别着凉……刚才到哪儿去啦？等等，像这些家常关心的话，多么可以表现做儿子的温柔或关怀。但是不行，这些可以让人贴心的话，如果我不用"底气"，像在舞台上对最后一排观众说话一样地说，妈妈就经常可能会听错，或者只听到了一声，我就还得再提着气重讲一遍，气氛已然没了一半，亏得我是在舞台上还演过戏的，否则就得脸红脖子粗地向母亲请安问好了。

有一些小时候听她说过的事，或者我们一起做过的事，都是很值得重提的往事，我很想跟她再共同细腻地回忆一下，可是都不大好意思，因为她会看到十几二十分钟下来，我已经快要声嘶或者力竭了。看到自己的儿子口干舌燥地跟她叙家常，"喊"旧事，怕妈妈心里会为难，所以，其实好多想再询问一下的过去事，就因为这样而算了又算了，可是以后，我还能问谁呢？时间过得这么快……偶尔，牵牵妈妈的手，用热毛巾帮她擦把脸，带她去看看感冒，向她报告一下孙子们的近况。这类事，反而可以让我们在一种安全的频率下进行。

妈妈和她的孙子在校旁的小溪边留影

人老了，老得愈来愈干净，对人对事的记忆也愈来愈干净，活在世界上的心情也愈来愈干净了。难怪人都说，家有一老，如有一宝，因为她的干净所带来的一份恬静，继续在满足着我们的生活。

　　说起一宝，我妈还真够宝。我的儿子、女儿，尤其我女儿，从小就喜欢听奶奶说事情，经常说完一个事，上中学二年级的女儿，已经可以哈哈大笑好几个回合了。因为我妈妈说个事，经常像是在说"相声"，生动，准确，哪怕是用错了字，都错得无与伦比。我的"相声"段子里，从内容到表演，有太多无形的她在里面，在里面影响着我的思想、感情和语言，而以上这三个元素的组合，不就是任何一种作品的轮廓吗？

　　如果天底下真的是有其母必有其子的话，那我太不如我妈妈了，我是说在捕捉感觉的能力上，描绘感觉的能力上。妈妈到今天，说话的能力都可以针针见血，句句有情，除非她睡眠不足。睡眠不足的时候，你最好少惹她，你问她什么，她都是回答："不知道。"年轻时就如此，这一点，到老了没变。她要是忘了的事，不会说不知道，她会告诉你忘到什么程度了。我无法举例，也举不全，因为那往往就是一段即兴的"相声"，只可当时意会，无法事后言传。说起悲伤的事情来，小孩听来不明就里，我懂，但是女儿事后还会忍不住地在我们夫妻俩面前重演一次，不是不尊敬，目的是想重新再叙述一遍。妈妈那种北京式的相声语言。大时代一些悲伤的事情，居然在愉悦的气氛里传下去了。

　　我们的上一代人，可以说是多灾多难的一代，许许多多的她，跟他们，有人因为战争而被拆散，也有人因为战争而结合，从年轻仓皇地到台湾，大半辈子生活在一个不知道由谁先说起的"宝岛"上。现在这个宝岛也不听人说了，只剩下宝岛香烟，而且烟盒也变成白色了，只会愈抽愈少了吧！

她跟她们那一代的人，在小公园里也愈来愈少，步子愈来愈慢，似乎会很快地就要走出我们的视线，我心里的着急，敌不过无奈，想再问一些什么，不敢问。想说：妈！等等啊！等什么呢？也没法说，只知道要珍惜，可是"珍惜"又不是抱着妈妈过马路才算，又不是"嘘寒问暖"、送些礼物就可以做足了。反而会常常看着她的背影，看着她的侧影，看着她在小公园与朋友聊天，看着她的睡态，听着她过去，很过去的那些年中，叫我名字的声音……那个来自北平的年轻妈妈，回不到北平了。

现在我转个弯儿，我在叫我的小孩的时候，我常想用珍惜的心情去多叫几声，但是人在叫小孩的时候，通常都是有什么事情的时候才会叫，那时候怎么可以同时还能举行"珍惜"这件事呢？要叫就叫了嘛！马路上那些经常会看到的"珍惜生命"的标语，都不知道是写给人什么时候看的，还能看多久？"珍惜"，多好的两个字啊！

这篇文章，我都不敢念给她听！因为要很大声地念，她会不好意思，哪天，拿给她看吧！看完了，也许我又能听到一段相声。

2004 年 11 月

大姐的苹果

每一个时代与时代之间，会有许多不同的地方，不说衣食住行，就说管教子女的方式，或者说小孩子成长的环境也行，就说我们家的三个小孩，就说我大姐一人吧！

我这一代的人，小时候极少有不被家长打过的，班上的小朋友经常聊天的材料就是谁家的家长比较凶，要不就是谁被爸爸妈妈打得有多惨！辩论赢的人，基本上也算一种光荣，真是不知道为什么，大概也算是一种比流行吧！谁被打得最惨，谁好像就是最酷的。

人们命运的差异，有时像来自不同的星球，但最让人惊异的是：他们竟然居住在同一个家庭里！

爸妈带着两个女儿和我，一家五口，好像在一个曾经幸福又痛苦难言的幻境中，快要走完了每个人的一生。

一九四八年秋天，我大姐在山东青岛出生，父母身边还有钱，官职也在，夫妻幸福；一九四九年，随国民党撤退来台，在钱还没有被骗光前，大姐经常被妈妈抱着散步到附近的水果店，买上两只进口的苹果，一手一个，再逛回家。黑白照片都还留着，一个年轻漂亮的北方女人，抱着龇牙笑着的小女娃，小手举着；还有妈妈穿戴整齐地背着大姐，旁边有两个皮箱，准备出发逃难前微笑的照片。两张照片以及它周边的故事，经常也偶尔被我们家人找出来，"看"跟"回忆"到我四五十岁，拍照片的当时，我还在前一世生活呢！

一九五二年，龙年，我在新竹一个破庙里出生，家穷了，父亲从一个将官，到违反了军令成了逃兵。二姐已经出生，大我两岁，把我们家钱骗光的人，据说逃到大陆的途中，被人丢到海里去了。一是穷，二是父亲的老同学都不敢接济他，怕受牵连，又怕警察，住进破庙还挺清净。我一生出来，接生婆告诉爸爸"是个儿子"，为了感谢，特别送给接生婆几个鸡蛋，满月时好像又送给她几个红蛋，别的就没了。

大姐才四五岁，她还记得当时在那庙里玩耍，经常会看到一些小孩才会看到的"鬼啊神的"。爸爸说不要怕，大家都是一起生活的，他是军人，要是发起脾气，鬼神皆愁。到我两岁，全家流浪到台北，因为我父亲的旧关系比较多。其实不来还好，来了更穷；我从小没吃过一口牛奶，除了几个月的母奶，其他就是把米碾碎了煮成粥，一匙一匙地喂大的。好在自小不多病，否则现在可能又在另一个世界生活了，因为看病是要钱的，当时不可能有。

　　大姐一直到小学五年级前，我记得她算愉快的，虽然也会被妈妈打、爸爸骂，但是在我们面前还是个可以管我们的大姐。五年级以后，家更穷了，三餐不继的事情我们习惯了，大姐、二姐都渐渐体悟到什么是"有钱更好"的感觉，比较之下，她们有"自卑"的感觉了。爸爸常说的"英雄不怕出身低，打破牙齿连血吞"的家教语言，对我好像还起点作用，对两位女生，不够实际。大姐学业成绩一直不够好，但是生性乐观，天秤座，从小爱美，但家贫无奈；在金店的玻璃框外，看着那些金子，边看边幻想，是我们小时候的快乐活动之一。

　　有时我们三个小孩，去看露天电影回家，路黑没车，怪害怕的，我说："姐，好黑噢！"手一直抓着她的裙子，她说："别怕，天上有星星，星星会跟着我们。"我是信以为真的。

　　其实大姐的语言能力平平，每次碰到突发的事情，或叙述一个痛苦或者快乐的经验，总是表情比语言丰富，从小的表情，我记得好多。

　　长大成人，对许多人来说是好的，那是因为"命"，我不是要说努力不努力。大姐长大后，漂亮，黄毛丫头十八变，非常漂亮，村子里的男生看到她，不是害羞就是变得更礼貌，连小太保看到她都摆不出适当的姿态，我都觉得她漂亮。可是为了让我能继续念书，大姐辍学了，去了政工干校的女青年工作大队，当了两年军人，完成"随营补习"，才获得高中文凭。退伍后，继续

中间是我，右边是大姐，左边是二姐

到台北刚开始的酒廊行业里工作。当时台北第一家吧，叫"门蕾地"，只是穿着礼服，蹲着给客人倒酒、聊天，酒都不必多喝，一个月就有三千多块钱，一九七〇年左右！

下班是我骑脚踏车去接她，她偶尔会抓紧我的腰带，唱着歌，我能载着大姐冲刺好几公里。"复旦桥"，当年史提夫·麦昆来台湾拍摄《圣保罗号炮艇》，还骑着进口机车在桥上来回奔驰玩儿！我骑着脚踏车，左腿用力一百下，右腿用力一百下，载着大姐就可以冲上桥顶，一口气滑到仁爱路圆环。路上哪儿有不平的铁盖、破坑，我都能轻易躲过，就是为了让大姐舒服。

当年，苦的定义是什么，我根本不知道，但是让大姐舒服，是我唯一的真理。因为大姐对我最好，赚钱给家里，供我念书。眷村的建材不好，隔间的墙都是单砖，我如果发起脾气来，可以一拳就把墙打垮了，但是大姐为了我不用功扇我耳光，气得乱捶乱打我，我却一声都不会吭，让她打，打完了，两人都在屋里哭，还得小声，怕吵到隔壁邻居，笑话我们。

酒廊的工作，肯定会改变一个年轻女孩许多的价值观，高不成低不就，缺乏其他行业的学习耐性，把事情容易看得过于简单，或者过于困难。从大生意人那儿听到的聊天资讯，当不了真正有学问的好人，更别说碰到不太好的环境！即使花和草都需要一个属于它的和风细雨，何况人！环境多重要啊！我总认为是那个环境，影响了大姐许多感情上的命运。

大姐开始第一次谈恋爱，第二次，第三次，第四次，不记得几次了，都是痛苦多过快乐。其中重要的一个因素，除了遇人可能不淑，再就是妈妈管得太多，恨不得她亲自去谈恋爱，不懂得在感情上如何保护她的女儿，只会管和唠叨，成了大姐的最痛与无奈。三十多岁，认识了一个美国人，终于结婚了。他大她十几岁，两人快乐生活了十几年，他退休回美国，以为两人可以安享晚年，可他却得了肺癌，她一直陪在身边，看着他走了。大姐回台湾，住在我家。我刚替她松了一口气，总算可以只顾自己过好一点的日子了，她又得了胃癌。

起初，她不能相信，不能接受……割掉了胃，胃没了，大姐一边努力接受，又经常深叹。化疗、电疗、打针、吃药，家里、医院，医院、家里，挨了两年多，头发掉光了，人瘦得一把骨头。可是她开始从迷茫、失落、忧伤的境遇里度过来了，人也变得轻松、平静、亮丽起来，像个有道的高僧。她把她的财产捐出去大半，小部分给妈妈、给二姐，然后一点一点地离开了我们。她让我把骨灰撒到基隆的海边，希望能到太平洋对岸的海边，和她的老公相遇。她走的时候很平静，她接受了命运给她的一切，她觉得生命就是如此，所以她平静。

我大姐走时五十七岁，天上的星星带她回家去了。她的弟弟，我，还站在旷野。大姐下了一辈子"废棋"，等于"没下废棋"，她的生命哪里浪费了？她是我库藏记忆里难忘的人。

2007 年 5 月

登陆艇中的海军回忆

"得道有先后，术业有高低"，只要是人，活在世上都是靠一口气，气长还是气短，那就大哥别笑二哥。生意买卖差不多了，差不多是差不多，再差不多还是有差别的。人与人如此，团体与团体如此，社会与社会、国家与国家，乃至时代与时代，也不是没什么差别的。也有什么差别吗？废话！废话也得说完了才知道是不是废话啊！以下是一则小回忆。

一九七四年底，我从海专毕业，先当兵后实习，当的是海军舰艇兵。海军，一直被认为是科学兵种，科学很重要，虽然大家也不一定都懂得什么叫科学。

一九七五年初，我被调派上了登陆艇部队。LCU，合字号，也就是排水量大约有三百来吨，前面有个可以摆下来的大铁门，平底，船头吃水两呎，船尾吃水四呎，不怕鱼雷，因为鱼雷最少要在水下六呎才能前进，甲板上可以装载一个加强连或者三辆坦克车。二战诺曼底登陆的时候，合字号就在世人面前扬名立万过，装着坦克冲上沙滩，打开大门，无敌的坦克冲上岸去。老美有钱，这登陆艇全新的，一登陆就算完成任务，就可以不要了；战后就送给几个小盟友，包括韩国、中国台湾，老美在欧洲海滩用了那么一次，到我们手里被保养得好好的，用了至少四十年。

一九五八年金门八二三炮战，金门的那几门二〇四巨炮，就是由合字号在弹如雨下的海面上运给金门的；苏澳核能发电厂的巨大散热器组具，也是由合字号平底船慢慢从高雄港送过去的；无数的军事、商业、社会任务，都是由合字号默默完成的……如今，每每看到上海的黄浦江上，一艘接一艘的平底货运驳船，腾腾腾腾地驶过江面，我就会想起驾驶舱里面那个以前的我，退伍都三十多年了，看到那种船，心里还会莫名地怦怦跳一阵子。

新兵刚报到，多干活少说话，一切以服从为宗旨，日子自然好过。没干几天活，才学会站卫兵、吹起床号、吹吃饭号，正觉得这老爷登陆艇怎么每天就靠在码头上起床、吃饭、睡觉、看电视、站卫兵？也太闲了吧？正这么觉得，"任务"就来了："明天中午十二点半我艇与其他两艇去越南！"

天哪！越南！不是还在打仗吗？而且已经打到尾声啦！美军不是在高贵而仓皇地撤退吗？那是真的战场啊！我们去凑什么热闹呀！哦！原来是美军有十架陆军轻航空队的小飞机，不知道是不想载走，还是来不及载走，反正要送给台军。所以我艇奉命进小艇母舰"东海舰"的肚子里，连夜赶赴越南岘港，负责登陆接驳，晚了就是越南的了。"越战"这个只有在电视上、报纸里看到的事件，可让我们赶上了，想请假是不会批准的。

第二天中午以前，在不苟言笑的艇长指挥之下，我艇已经放倒了桅杆。吃完中饭，完成进入一九一号东海舰的准备，三条合字号，很壮烈而安静地进入了小艇母舰。这艘东海舰，是当年台军的宝贝，全世界没几艘，亚洲当时也就台湾有这么一艘；还是人家美军在一次演习中，不小心撞到冰山，大轴有些微弯曲。老美不敢要了，又难以修复，干脆就送给我们了。其实还能开，开得还挺威武的，只是不晓得从哪个角度看过去，稍微歪了点是真的。

停在港里，最抢眼的就是它，因为大而且高，甲板上能停直升机，后门可以在海上打开，让海水进来七八呎，以便合字号缓缓开进去，再把海水排出，关上后门，就可以赶往世界各地，行动快，是属于运输型，不是战斗用的舰只，所以只有两门四十公厘炮和配备的海军陆战队五〇机枪组合。我们合字号进入一九一，干摆在它的舱肚子里，也就暂时没我们事了。船是他们在开，所以我们睡觉的睡觉，看书的看书，看夕阳的看夕阳，没觉得有什么不平常。

午夜左右，听说船已经过了南中国海，接近越南了，海风里的味道都开始觉得有些不同了，人心似乎有点紧张和兴奋，压抑中还带点意气飞扬，接近战场啦！人生头一回呀！我个人觉得本来闲散的当兵生活，原来还挺充实的，尤其这两天，到底是海军，科学兵种，"乘长风破万里浪"，虽然不敢说出来，但是心里头还是有"好男儿"的影子偶尔掠过。

在海图上算着我们的船位，应该已经是接近岘港外海的领域了，就在这个时候，一九一前方不远的海面上，一片漆黑的夜色中，隐约出现了一盏小黄灯，应该是渔船。在公海上的规矩，两船相遇，小船一定要让大船的，这谁都知道。可是持续航行了一会，它没让，一九一舰不耐烦地打出了灯号闪着："让！让！"那小渔船动都不动，还是没让。一九一号公务在身，严肃地打出另一个灯号："你是何船？"那个破渔船还是没让。暗夜中，战场边，一九一号舰长下令：拉备战——！全船立刻响起了"旺——旺——旺——"的备战声，我们合字号的官兵是客人，插不上手，欢呼一般跑到甲板上去，去看一九一号用炮打渔船，军舰打渔船那不跟打儿子一样？大家马上跑到甲板上去观战。所有的人都来劲了，头一回打仗就能胜券在握啊！

在越南岘港的外海上就是战场，不是在高雄，我们一九一号舰是有任务的，不是路过，也不是演习。所以舰长拉了备战声之后，全舰的气氛马上变了，似乎每一颗螺丝，每一根汗毛，都兴奋、紧张起来。负责四十公厘炮的射击手，令我印象深刻。他迅速熟练地拉下炮衣，跳着蹦着就进了炮位，两只手像自由车选手的脚，快速的摇着炮管，对准着前方那个不识相的小黄灯，第一次看到四十公厘炮不是在打靶，而是要打人，"我海军健儿"真要打仗的样子，我算看到了：训练有素，临危不乱，值得赞许……就是……狂妄了点。

几乎是同一节奏，另外一个备战的声音，拉走了我们的思维；怎么听到对面那个小黄灯，在漆黑的海面上也拉起警报，而且它的声音不是"旺——旺"的声音，而是波浪型的"昂——昂"的高级警报器?！大家还没弄明白怎么回事呢，对方的警报声还没响完，突然间，终生难忘！漆黑的海面，刹那间全亮了，蓬！蓬！蓬！唰！唰！唰！也不知道那是什么声音，反正整个海面全亮了，看到一大排军舰，高矮大小都有，看不到炮管，只看得到火箭，静静地靠在一艘"航空母舰"的两边。

天啊！原来是美军的军舰，差不多有半个第七舰队，排列在我们东海舰的前方，最多半海里远，也就差不多一公里；再看，墙壁里伸出好几种不同的火箭、飞弹，好几十枚的对着我们！刚才那个小黄灯，已经看不出来是属于哪艘军舰的了，海面上突然间就觉得僵住了。

我们一九一号的炮手，一分钟前真的是"力拔山兮气盖世"，现在只见他们似乎是"拔剑四顾心茫然"。对面的灯光在海上一起亮起时，我们这边还发出一阵不自觉的惊怕声。还好老士官长们几十年来跟美军演习多了，一看就说："不要乱叫！不要怕，是老美啦！"对面一艘军舰上打来了灯号：你——是——何——船？那个灯号的灯光颜色、瓦数比我们的灯亮多了，也不知道是他们的灯贵，还是我们的灯太老了，这边我们一九一号的灯号，立刻快速地展开回答：我——是——台——湾——海——军，什

"海军健儿"出发前夕，那会儿，我还挺不胖的

么什么单位，奉命来干什么，请查阅什么什么，等等。乱七八糟地打了有两分钟之久，算是回答完毕。在那个气氛里，我似乎觉得舰长的制服背后可能都湿了。

还好，对面的高级灯光又拍来几个字：Follow me！刚才打完灯号，从航母后面就扭出来一艘军舰，只看到它的两个烟囱，腾腾各冒出一圈黑烟，加了油，舰身一个急转弯带加速，看得到舰身扭成了 S 型，唰一下就冲到我们面前了。这一点要说明一下，过来的这艘军舰，跟我们台湾当时的主力战舰"阳"字号差不多大，四千余吨的排水量，有官兵几百人的"快速驱逐舰"，简称"DD"。我们的"DD"是二战老美剩下的，岁数大了，只能跑二十八海里最多了。他们的"DD"应该是改良又新造的，能跑四十海里以上，说白了就像一条街，在海上跑得比计程车还快！你说那是什么画面？在大舰队之中，"DD"还是小角色，就像是一个帮派里面，很能干而且手脚麻利的小弟而已。

美军的"DD"一眨眼就靠近了一九一号舰，在浪里起伏，间距一九一号只有两三米，最近的时候约两米。一个可能只有十八岁的小水兵，一跃就到了一九一号舰的干舷上，向我们的帆缆长很帅地敬了一个礼，递过公文，转身一跳，像个小牛仔一样跳回了他们舰上。我从来没有看过"DD"级的军舰和使用它的人，竟有这样快速、灵敏、大胆的行动力。对方让一个小孩来送公文，没有失礼，别看他小，可专业到不行了，至少是中士的阶级。

两船调整一下方向，我们跟在"DD"后面，驶进了航母旁边；简直不好说，我们就像是小了、矮了一半，连光也暗了好多，大家都在抬着头看那艘航母，真大，真漂亮，真科学，他妈的连油漆都比我们的好。我们天天在用油漆，一看就知道了，缆绳的质料也好，他妈的编织得也漂亮，看不到灯泡在哪，只看得到光，那种色温，好像高级画廊里的灯光。我们的光我不好意思说，像小杂货铺里的光。航母的墙上，素净的灰漆，一道肃穆的橘黄色的灯光，打在几个英文字上：尼—米—兹！

天啊！原来是它呀！我当时的心情好像是飞起来了，也好像是投降了。这尼米兹航空母舰，我小学就在《今日世界》的杂志上常看到它的海上雄姿，结果今天咱们在海上相遇啦！还有那么一点公务上的关系，所以心快飞了，但是人家的能量，它那雄厚的背景，把我们打挂了，投降，静静地参观吧！

我们全体士官兵也要礼貌地站在右舷边，抬头敬礼地看着一艘举世闻名的航母；他们的士官兵也要礼貌地还礼，但是好像更认真地低着头，行着礼看着我们这一艘曾经是他们家的"古董"，当时的心情不是"啼笑皆非"，是"啼笑皆是"！科学啊科学，你怎么能让人有这么大的差别，两个不同水平的科学兵种，在海风微寒的凉意中相遇，擦肩而过。

我用舌头舔舔干瘪的双唇，瞪着他们的油漆，看着他们的钢板，我不关心他们的炮或火箭，那个看两眼就算了，反正我们也没有，无从比较。我就想不通他们的油漆怎么会漆得这么好看，这么平；还有，我们的雷达不可能坏了，就算昨天是坏的，今天出任务前，也必定会修好的啊！怎么就完全没发现半个第七舰队就在眼前呢？再想下去，可能就难看了，还想把它当渔船打呢，自己都差点变成渔船。想着想着，船渐渐走远，回头再看他们一眼，海上又是一片漆黑，恢复成刚才那样，一个小小的黄灯，不知它有多远、多高、多近、多危险。

至今我还是不明白，老美那一套电子设备是怎么回事。转眼已三十二个年头。一九一号舰是在一九七五年四月二十日完成该任务，同年四月三十日越南完全被"解放"。年轻的时候，想把这故事写成剧本，拍成电影，后来想想不行，电影也不能只靠演技。起码那油漆，那油漆到底是什么牌子的？我不明白，太科学了。

得不得道不知道，术业还是有高低的。

2007 年 1 月

愈活愈回去

近几年常常想去见的人，是做了一辈子演员的常枫常爸爸，还有做过大半辈子演员的孙越孙大哥。我经常会希望和他们两位单独地坐下来，跟孙大哥请教人生是怎么转折过来的，跟常爸爸讨论和学习戏演到最后是什么感受、会有哪些"回想"以及"回味"。可是直到现在，这两件好事都还没去做，我真着急啊！还愈搬愈远，搬到加拿大来了，这太不像我了。我还曾经以为我做演员的态度还蛮不一般的，结果我是一般里的一般，就是一般般的意思，愚、钝、不开窍。

后来想想，生活是这样的复杂，我的悟性是这样的差，就算我为我自己很有使命地在众里寻他千百度，伊人也在灯火阑珊处遇着了，又怎样？会不会在一两次的欢聚过后，又再度地失之交臂，该知道的没知道，该珍惜的瞎珍惜，怅然间，再跑回众里去寻，寻我想要爱、想要问的人？时间快没有了，人群要走光了，自己也要不见了?! 好快啊! 你们别走啊! 我还有好多好多事没明白……你们别走啊! 老天再打我两耳光吧! 让我快点醒醒, 我这个一般般的料。

如果我没有为了自己, 去跟他们请教和学习, 起码可以经常打个电话去请个安吧? 也没有, 你说我这人是不是也太一般般了, 就只会站在原地, 回想着以前和他们在一起工作、谈话时候的样子, 只能一直"回想"着这个, 不够, 怅然依旧; 以他们两位类推, 诸如两位者, 还有无数位的"方家君子", 钦佩的前辈, 我也都没有什么什么。是不是……冥冥之中, 从事表演工作的, 前人后者, 都有很多差不多的地方, 所以就心照不宣了? 这是我猜的。

虽然到如今我是什么我还不清楚, 但是很明白地感受到, 上一代人在艰苦岁月中的喜气和贵气, 支撑了我们今天的成长。

作为一个演员, 我想知道得更多, 想要呈现给观众的更多, 但是急又急不得。我知道, 因为我"是"什么, 所以我才可以"有"什么; 而不是因为我"有"了什么, 所以我就"是"什么。您听出点什么了吗? 听不出来? 看看那些台上台下, 搞政治的, 就不难明白了。

有人曾经说, 一般人是往老了活, 就是往以后活, 迎向以后的意思; 而修道的人, 是愈活愈回去, 就是愈活愈能知道, 过去的事是怎么过去的意思吧?! 如果"是"这样, 修道的人, 他们生命中"回想"的内容与方式, 与一般人大概就不一样了, 由

作为一个演员，我想知道得更多，想要呈现给观众的更多

"回想"再进人"回味"的感受，应该也很不凡吧。这两种人的生活，光是做的好事，和不好的事比较起来，影响就很大了。

每一件好事都可以经历很多次，那是因为它值得经历，不好的事情如果不能让人长经验，还不断地再去经历，那老的时候回想起来，一定很痛苦，也就不会想去"回味"了。虽然痛苦和快乐，一样过不了多久都会过去，这样讲，大家大概都还是想选择快乐。修道去吧！我们一起修，修着修着就"休"没了。

修道的人，当然不一定都是宗教里的人，里里外外都有人在修，在他自己的门里修，门外修，关键在你修不修。说"羞"不"羞"也行，根本的意思好像差不多；我现在已经常常在"回想"许多事情，这些"回想"会不会走进"回味"，我还没把握，可能有些事已经走人了，只是，入什么之室，久而不闻其什么吧！

常枫常爸爸，孙越孙大哥，刚来台湾就已经在军中话剧团做过大量的排练和演出；少壮时期，又在台湾早期的电影和电视剧里，摸索，成长，展现，发光，在表演领域里，早就经验丰富，弓马娴熟。记得以前，有的时候是他们说的故事感动我，有的时候是言辞感动我，他们的做人处世，又聪又明，对世俗的认知和宽容力，我根本无能揣测。我想多拜望一下他们的基本愿望，是想去细细地聆听他们的沉静，从而得知当年的喧哗，去慢慢咀嚼他们曾有的虚空，却可让我自己饱餐一顿。

这话在现实生活中说起来，也许有些吊诡，但在艺术上是真实。我是想多知道些他们做过的许多事，借他们的"史"，成为自己的"历"，事情巧了，可能还会变成一种"修"！便宜占大了！要是修不到，我可以去崇拜，真正的崇拜，也很好。

可是，我现在还只是在"希望"去，还没去，那还说了那么多？李立群你帮帮忙吧！

2006 年 10 月

上一代的眼神

疲惫的身躯，消耗过多的灵魂，不正常的睡眠，我是一个演电视剧的人。

"电视演员"这个工作，确实是需要储存许多情绪记忆、感官记忆、救急式的表演、小聪明式的应对等等，以防大量的工作消耗以后，成为观众的笑柄，甚至招来骂名。可是，那些储存是不能进入电脑存档、编号，在鼠标上一按、二按就可以按出来的，它是被放在脑袋这么大的一个浩瀚的仓库里，被我们的体力和欲望在管理着，管理得不好，有可能用不出来，就是眼高手低之类的情况，有的是还来不及回忆搜寻，它就消失、模糊或者改变了。人脑比电脑有意思，可以忽略也可以努力不懈。

小时候，经常遇到一种气氛，就是在许多同学的家里，会跟他们的家长聊天，或者与不相识的长辈在路边闲谈，在炮兵营的部队里与老兵瞎混，与士、农、工、商各种外省的长辈交谈等等。一般都会很容易就谈到：你爸爸是干什么的啊？哦！他也是军人出身哪！你们是哪里人啊？你爸爸过去是跟谁的？打过哪些仗啊？现在退伍还是退役啦（退伍是指士官以下，退役是尉官以上）？

讲到还跟我爸爸共同参加过同一场大战役的巧合时，是他们眼神最亮的时候，也是最深，也会是最淡然的时候。只要这种气氛一出现，通常我就会有比较多的零食可以解馋了；也就是他们那种打过那么多仗，杀过不知道多少日本人、中国人，自己还能活着，然后逃到台湾来的人，才会有那种眼神，不知道是"败兵之将不可言勇"的关系，还是打来打去都是打中国人自己的关系，所以觉得"败者蒙羞，胜者可耻"的缘故，眼神里才会有那么多明亮而又无奈，亲切而又唏嘘，得意的口气还没发泄多久，思乡又回不了乡的凄然又上心头。

接着却又转变了话题，接下来问的就是：你们家一天的菜钱是多少啊？上学怎么上啊？坐几路公车啊？哦，你是走路啊！那很近吧？啊，要走四十五分钟？这么远？哦！你爸爸有的时候会骑车去接你，你爸爸的脚踏车是二十八吋的还是二十六吋的？房子是公家的吗？买的还是租的？一个月多少钱？房东是干什么的啊？我还得跟大人一样，里里外外、不急不忙，偶尔也学爸爸的口气，长吁短叹一番，聊得好着呢！可以聊到吃人家一顿饭再回家。

一般我会关心好奇地反问一些他们的背景和近况。谈起他们自己，那种眼神又亮了起来；就是他们那种人有那样的眼神，一个经过了大时代的生离死别、多灾多难的动荡环境里的人，才有的一种"情绪记忆"的眼神。如今虽然时光已旧，但是在我心里记忆犹新，那一张张来自大江南北不同的脸，却有着相同的一种眼神，反映着那个不知道要怎么过。可是又得过的时代，老、中、青，男女都一样，一样的迷茫。我还没忘记那个眼神，大概还能演得出来，但是没人写这种剧本了，就算写了，那个小孩儿谁来演啊？！

过年的时候，家家户户都会贴一些春联，不但大门贴，二门也贴，一方面是过瘾吧，一方面也想教育教育孩子们。春联的内容，写情、写景、写标语的都有，有很通俗的，有文雅到看不懂的。最常看到、也最常让我自语的，大概是："传家有道唯存厚，处世无奇但率真"，要不就是："忠厚留有余地步，和平养无限天机"。看这两副对联，你可以说，他们在那么艰苦的年月里，还没忘记彰显中华文化的汉人思想。但是，你也可以说，他们天真得太不了解"未来的现在人"了！台湾现在自己最缺的不一定就是钱，可能是一个忠厚的人际关系，以及和平的处事态度吧？（我指的是搞政治和媒体的。）

上一代人的光辉，上一代人的迷思，都过去了，这一代我们暂且不提了，提提下一代吧！下一代那些汲汲碌碌、头角峥嵘的年轻人吧！年轻人，就是因为他们年轻，他们美丽、单纯、陶醉与天生富足，而且身在其中不自知，虽然羡煞了过来人，但也令人难免会担心他们未来的出路，到底年轻人的特征还是"犯的

没有迷茫，哪来希望

错不够多",但是这个特征在充满假象的岁月中,不够用了怎么办?再去翻翻老对联?可别像我一样,"书到用时方恨少"。

现在我跟家人都住在加拿大,为了孩子念书,为了年轻人去的。说说我们的老三,男孩,十四岁,暑假独自回到台湾,专门去做牙齿矫正手术,其他空出的许多时间,我就让他去拜见我的几位老友,有在大学教中文系的学者文人,有在寺庙里修行的禅师,有摆槟榔摊很会潜水打鱼的高手,他们都是我几十年亦师亦友的好朋友,我让老三一一去拜见。老三说:"爸!要用'拜见'这两个字吗?"我说:"对!主要就是这两个字,去吧,你会有收获的!"老三要独自在台湾浪迹一个多月,够他忙了。

想想我们的上一代,想想我们的下一代,想想大人给他这样那样的安排,也许就是我个人的一种怀想,是希望他能开心地受到教育。好在他也好像热情地去做了。如此,我疲惫的身躯,消耗过多的灵魂,不正常的睡眠,也就像电视剧台词一样,说完了就不重要了,不是做父母的有多伟大啊什么的,而是我也会跟着开心的,互利互惠,而已。

至于上一代的那种眼神,没机会演了,也很自然……没有一切的迷茫,哪来一切的希望。其实,时代与时代之间,何必用伤感去看,就是互利互惠嘛!大家都在人类的大海里,岁岁年年,潮起潮落,永远存在。

2006 年 9 月

台风算什么

一九五七年，我们住在今天的台北信义计划区一带，也就是基隆路、信义路的交叉地带，方圆十公里左右，找不到几幢三层楼以上的建筑，不是稻田，就是一些简陋的民房。"四四南村"当时算是一个不小的大眷村，远看或俯视下去，不过就像是蜷伏在"象山"脚下的一张破地毯。"西村"是当官的住的，好一点点，我们家是没有分配到眷村房子的"独立户"，这些"独立户"就沿着信义路边和基隆路边，相互依附地搭起盖起了一条单一街道，倒也使基隆路上光秃秃的路旁，平添了几十户有门牌号码的人家，增加了几许人烟。如今，不论是第一代还是第二代的，依然住在那一带的老居民，恐怕极不多了。其实光是那一个小小的地段，就有说不完的故事，从日据时代直到今天……我在《台湾怪谭》里提到的一些鬼故事，只不过是略微带过一嘴而已。

我家当时是住在基隆路一段四百五十号，屋子里还有一根水泥电线杆。爸爸在前厅开了一个小小的修玻璃和画花瓶的小店，后屋约有七八坪大，一家五口就住在里面。左右拉开四扇木板做的大门，就迎着朝阳做生意，拉回四扇门，就休息、吃饭、睡觉、过日子。

整个信义、基隆路上，就是一个可以让台风任意肆虐的无阻碍地带。爸妈都是大陆来的北方人，没经历过台风。

有一天，年轻时候的妈妈，快速地骑着脚踏车下班回家，一下车就说："快点，快点，台风晚上就要来了。"说完就跟爸爸一起把后院晾的衣服、两辆脚踏车、招牌，都塞进店面里，找出一些旧衣服、破布，把电线杆和屋顶连接的地方塞紧，以防风雨大时快速进水，电线杆被风吹晃了，水就会沿着电线杆，好多好多地往下流，流到屋内可以积水。

爸爸光着上身把一个当作柜台的大木箱，很艰难很小心地推到大门后面，顶住中间比较脆弱的两扇木板门。大木柜子上铺张军毯，我就睡在上面，爸爸说天黑的时候风会很大，让我们小孩没事的就先睡觉，我才六岁，感觉上好像看着大人要打一场仗。如今想起来，就是房子太不坚固了，否则你可以约几个朋友到家来打牌，边打边欣赏窗外的"风"。第二天再看看新闻，哪里哪里灾情惨重，知道以后随意地捐点钱，看上去还能酷似一个大善人。

我们家不行，虽然家当极少，也经不起"倾家荡产"的感觉。随着风力的逐渐加强，爸爸已经为了保护家园，抵御台风，累了一头汗，坐在一个凳子上，喝着凉开水，抬头看看屋顶，细细打量一下门闩，手再摇摇大木柜子，看力量够不够顶门的，间歇地扯开嗓子，向隔壁开中药房的王老板打听台风最新消息。老中医用山东话，很谨慎地跟父亲复述着收音机里的广播："暴风半径一百二十公里，最大风速五十公里！比刚才又增强了！没事吧？"爸爸说："怎么没事啊！我们家已经进水了！都到脚脖子了！"

半夜，暴风圈在当时的台北上空快乐地狂奔着，一会儿山上、一会儿地上地横扫着。爸爸跟妈妈还有六岁的我，奋不顾身地各顶住一扇门，薄薄的木板门，一次一次地被风吹凹进来。我年纪虽小，可是有大人在，我不会怕，把自己的身体当成一根木棍，斜顶着门，接受那一次又一次凹进来的风。大姐二姐在旁边看着，眼神里还透露出：男孩子到底是男孩子，挺管用的。我自己也觉得挺管用。

爸问王老板："看到外面的情形吗？"王老板凑着门缝往外看，大声地跟我们说："路灯没倒，灯泡全碎了，对面兵工厂的围墙，被吹开了！倒了一小段！外面很黑，看不太清楚，哎呀！从墙里头跑出一个黑影子！"爸说："是人吗？"王老板说："不可能是人，是一个像野猪那么大的动物！向我们这跑过来了，跑得很快！老李，快快，你们家有没有铁棍？我去拿砍药的柴刀来，它跑过来了！咱们这门可顶不住它啊！"

爸妈急得一时慌了手脚，小孩吓得不敢出声，爸爸拿出打仗的精神，冷静地思考……要是有枪就好了，没有！那就不要惊动它，把灯关上，屋子里变得一片漆黑。老王跟爸爸密切注意着那个怪物，它愈跑愈近了。妈妈抱着我们三个小孩躲在后屋，不敢出声，爸跟王老板，手上拿着家伙，抵着门，听着外面的动静。那怪物冲向我们的门边，又停在基隆路的马路上，转着圈子，距离近了，老王用颤抖的声音跟爸爸说："哎——老李！我不行了，我头晕！哎！它怎么飞起来了！哦——老李，我看错了，那是一个裹着树枝的大草球！哎呀，我真是眼花了！"爸说："真的是个草球吗？"老王说："啊！真是个草球，现在又往三张犁那边跑过去了！"

我们全家，跟着王老板都笑起来了，笑声都盖过了风声。该三张犁那儿的人紧张了。

2007 年 11 月

身体发肤，受之父母

"身体发肤，受之父母，不可伤也。"这句话似乎已经被遗忘很久了。妈妈今年八十九岁，因为难以陪儿孙们出境读书，在台北近郊的老人院，单独过了六个寒暑。我伤没伤我的发肤不提了，不能常让妈妈宽心，只是经常为她祈福，偶尔陪她住几天，年节孝敬一点红包。而她，却都欣然接受了。"母亲像月亮一样，照耀我家门窗"，我的妈妈，我抽烟、喝酒、熬夜，你都不常说我，我太对不起你生了我。我向谁忏悔也没用，只等待自己默默去改。我深深地知道，身体真的是活在因果里的。

那一年，在海专还在念三年级，看到一个二年级的学生，才十八九岁，有着一个倒三角的胸部，十足一块运动员的料子，在游泳池里，他像浪里白条，在足球场上，也能见他风一般地得分，他不是一个充满阳光的男孩儿，他就是"阳光"，"阳光"就是他！条件就这么好。少年老成的面容，偶尔见他腼腆地笑一下，身体有光，行走有气，连男生都会愿意多看他两眼，青春痘都还没长完呢！

那个年代，许多学校，总有一些孩子会走上那种"钢丝"，就是集体械斗，断胳臂断腿，让父母痛心，或者是吸毒……我们大概都知道吸毒的项目有很多，有贵的，有便宜的，还有比刮骨钢刀更可怕的毒品，它既便宜，又普遍，就是那个——强力胶。

听说他吸起强力胶了，游泳池、足球场很快就看不到他，他那风一般会发光的身体。他的父母应该也知道了，无奈吧？学校教官也知道，无法吧？朋友开始离开他，学业跟他一点关系也没有了。身上总是揣着塑料袋和一条一条的胶。他苍老了，不理人了，脸上的青春痘变得更红更大，挤出来都是强力胶，一开口说话充满了胶味。

人们正在为他的改变而错愕的时候，他的身体又开始萎缩了。下雨天，他会在操场上狂奔，狂呼，或是狂哭，同学们只是看着，没人有进一步、进两步的办法。他的眼睛已经发直，直得找不回原来的焦点，宝贵的头发自然脱落，他还是会徜徉在校园中，甚而宽衣解带地把制服拖在地上走着、晃着，偶尔悲伤地嘶喊着，让年轻的同学看在眼里震惊而伤心，没有人知道该怎么办。

有一天，我在教室里无心上课，隔着窗户看到他光着上身，胸上、背上似乎都长满了痘痘。他一个人坐在操场上，手撑着后面，仰望着天空，在取太阳、晒太阳，渴望阳光能再进到他的身体，晒进他的心，晒回他的健康。他已经无人可靠，无家可归，无心可依了，孤单得像一个完全无助的灵魂，他向四周无力地望望，又默默地抬起脸晒着太阳……

没有多久，就再也没有看见他，听说他悄悄地走了，没有听到什么人骂他或指责他，就是叹息和难过、不忍。那年，那个强壮的少年，不过二十岁。在众人注意过的海专操场上，从他不需要帮助的笑容，到丝毫无助的喘息，像一阵没有声音的风，吹痛着每一个关心他的人，痛了好久……

"身体发肤，受之父母，不可伤也。"不好再经常忘了。

2011 年 6 月

海上花絮（上）

没听说诗人郑愁予当过海员跑过船，可是他的诗里写到海跟码头的部分，都很生动，有一首诗提到一个海员的情绪：他从海上来，我们问他海上的事，他仰头笑了。

后来我发现，大部分的海员，包括我，听人这样问，我们也多半会仰头笑着，也不是欲语还休，但确实是有一点"尝尽愁滋味"的意思，而且往往用语言，很难清楚地表达，你看到了就是看到了，回来了就是回来了。现在有人问我当演员的感觉怎么样，请你说说，我也是先仰头笑着……我想说点海上的事。

当学生时，那一年我出海实习，最后一趟水，任务是由澳洲载两万吨的铁矿砂回台中港，一路上风平浪静，开心地做着舱面上的工，值着驾驶台的班，心里数着日子，一到台中，我就可以申请下船，完成了实习正式毕业了。

船一过赤道，略有浪，穿过菲律宾群岛，浪变大、变长了，快进巴士海峡了，最深、最可怕的海峡之一。船上收到电报说我们会遇到两个台风，前面的正要碰上，后面的也已经形成。公司下令往前行，不能就近避风，我们小海员是不能作主的，全力奉行船长的领导，尤其是有状况的时候，船长的经验与修养太重要了。他听公司的，我们就听他的。

黄昏时已进入暴风圈，我们还在忙碌着防台的工作。我和木匠奉命带着工具，把船头的漏水处补好，先把抽水泵浦绑紧在船头，以免被海水打走，但是泵浦抽出来的水量，刚好是船头漏进来的水量，想着就怕，台风就要来啦！！！两人赶快戴上蛙镜下去修；木匠先看到船头舱最狭窄的船壳，漏了一个人头大小的洞，他吓得回头用手势让我快看，我一看，不知如何是好。他又大胆地往前游了一段，我跟着，木匠愈游愈近，游到洞前才发现只是一个小洞，因为被水放大了！洞只有手指头粗细，如果真像人脸这么大，那我们也游不过去了，光是进水的力量就会把我们冲昏过去。快浮上水面，拿着削尖的拖把棍子，包上布，带着锤子，下去插进漏洞，刚才还像水中月亮一般的洞，一下子变得漆黑一片，木匠用锤子把木棍敲紧，两人收拾了工具，暴雨已经开始下了，众人早在下午就锁紧了所有会动的东西，包括最重要的货舱盖。

天黑了，风大了起来，分不清看到的是雨还是浪。我换了干衣服，把晚餐倒进肚子里，躺在床上左右摇晃着，睡不着，听到大浪打到铁船壳上，船在乱浪中，震动着向前挺进，我觉得我们的船好坚固。隔着窗户往外看，什么也看不见，十九年的老船了，没人帮得了我们。我索性坐起来，扶着床铺打坐，用小周天呼吸法忘去现实或感受现实一下。电话里传来让我去驾驶台接班的指令，轮到我掌舵了，零时到两点的班。船左右晃得从来没有这么剧烈过，我穿上雨衣，头上戴一个电筒照明，我的住舱离驾驶台还有五十米远，在这五十米长度中你若被冲下海去，没有任何人会发现你，更别说救援了，想救都救不到，三十秒之内会消失在所有人视线里。我吸了口气，等船体晃到中线时，迅速地打开船舱门，关上门扣好，转身就往驾驶台跑，跑两步瞄到大海一眼我惊呆了，你知道我看到什么了？看到从船尾到船头的关系，什么关系？我仰头哭了，下回再说。（待续）

2011 年 4 月

海上花絮（下）

我瞄到一片漆黑的大海，天上有无数片飘忽不定、明明灭灭的扁条形状的飞云，从来没见过，迅速地生成和消失！很快又发现，原来它不是云，是大海的海浪像天一样高，海和天是连起来的，那扁条状的云，只是千层海浪的白头，在天上飞来飞去，随时地打在甲板上。我身在船尾的住舱口，离船头的尖端大约有九十米，从船尾所看到的船头，有如纸片一般在风和浪中，上下点头地晃动着，极快速地晃着，看了让人害怕，怕它断了，又无从担心。紧抓着甲板上的油管架子，找着掩护，看准下一个掩体，等船晃到水平中线时快跑过去，从住舱到驾驶台，躲浪躲了三四次，最后一次，冲进驾驶台，关紧门闩，松了一口气，上楼接班去。

下了班的舵手不敢回住舱去，就在宽阔的驾驶室卧着假寐，船长和三副都在驾驶台，看到三副的表情是满脸惊恐，又疑神疑鬼的样子，不敢多看他，怕他丢人。看到船长的表情专注而平静，说话算话的样子，我也跟着笃定下来了。手紧抓着的是船上的油压舵，电舵无效了，我靠双手抓着舵来平衡我的身体，每向左右倾斜一次，都超过了三十五度的安全度数，眼睛看着前方宽阔的海面，全是浪，一排一排的，像千军万马。船必须顶浪前进才能安全，全船有八个舱，驾驶台前面有四个舱，每个舱有篮球场大小，四层楼那么高，满载铁矿，舱盖紧紧地锁着，船头每迎向一个巨浪，就发出"一五五榴弹炮"的巨响——咚！！！船头钻进了海里，有两个舱看不见了，一会儿又浮上来，被船头撞碎的浪，冲向天空，迎面洒下来，打到驾驶台的窗面上，顿时我才明白，为什么驾驶台上的窗子不能用雨刷，因为就算有一百个雨刷都会被打飞的。船的龙骨恐怕会经不起一次又一次的猛烈撞击，船长适时地下了安静的舵令"向左偏两度"，我心又安稳了。两万吨的铁船，在这种海面上，比一叶扁舟还要扁，所有的航海技术是死的，老天爷的安排才是活的，海到底是在考验我们的谦卑，还是在发泄它的愤怒？它意气飞扬或咆哮叱咤，与其说我们也只能心存忍耐地全神贯注，不如说是全神地在欣赏大海的"花姿舞态"。时间长了，又有船长在旁边，大海和船体的共舞，只会让我略感兴奋而已了。在驾驶台上，我忘记了害怕，只是专心地看着它向我们表现大自然的本来面目。天亮了，我们驶离了台风，不如说海洋的舞会结束了，我们的船从舞会回来了。进入台中港，我整理水手袋办理了下船手续，实习结束了，有人下船度假去，有人依然在当班，没有人提起昨夜的经历，但每个人都会记在心里一辈子。

我回头留恋地看了一下船，它正楚楚动人地靠泊在码头上，想起昨天晚上它在大浪中所表演出的天然姿态……十九年的船了，更显现出它从海上回来，欲说还休的万种风情。

想起郑愁予的诗：来自海上的风，告诉我海的沉默太深，来自海上的云，告诉我海的笑声又太辽阔……

感谢船长，感谢我的船，跟他们相处了八个月，我当过水手了。他们让我这个演员，看到什么叫"表现"，什么叫"接受他人的表现"。

2011 年 5 月

Chapter 3

单口相声

喜马拉雅之旅

（一）

二十年前的台北市，正开始觉得有钱，往外移民的人口，西进大陆的台商，都还不多。市区里的人口和私人小客车，正值高峰的数量，马路又没有现在的多和宽，大众运输系统刚开始要计划施工，乌贼公车还在快乐地、任意地逍遥在市区里，也没人能怎么办；简单地来说，居住的环境，其实很不理想，灰尘、油尘，上下班尖峰时间的壮观，真是容易让人觉得我们这个城市，映着夕阳的时候，像极了一幅"泼墨都市山水画"，这个题目画家恐怕连想都想不出来，就算勉强同意它的语法没问题，大概也没人敢画，画不出来的。因为要用毒来画。

那时候，我三十四岁，结婚前一年，体力与心情尚属年轻，单身嘛！想去哪，旅费跟父母报告一声，啥也不必挂碍地就可以走人了。

有一个机会，我参加了一个叫"喜马拉雅"的登山俱乐部，大概是当时台湾最专业的登山团体了。后来过了几年，我们那次登山的一位队员"吴锦雄"，成为台湾有史以来第一个攀登圣母峰安然归来的英雄。不是因为他的名字里有"锦牌"的"英雄"的关系，你没看到他姓"吴"（无）吗？主要的还是因为他的训练背景，更主要的是他的个性和修养，以及绝对重要的，就是后面的一个推手——"喜马拉雅"俱乐部所有的后援。

　　吴锦雄只比我小一岁，他登顶的那一年已经四十出头了，可以见得，登高山最重要的不一定是充沛的体力，而是更成熟的一种状态，对山的情感乃至于对山的伦理，已经在他的生命中，存在着一定的意义。这个意义的执行和价值，电脑是计算不出来的，只有他自己心里明白，那是他多年的努力，以及在专业团队的支撑下，大自然发出了一种慈悲心，偶尔让他亲近了一回；跟征服、超越、勇敢这些名词，其实没什么关系。

　　我的登山经历，是没有资格参加"喜马拉雅"俱乐部的。主要是因为我有熟人，在我几次强烈要求下，又经过了行前的一些讲解和训练，体力又不太差，而且又要负责替团队拍摄的专辑纪录片当主持人，所以我可以去了。

　　我们那一次的目标可不是圣母峰，而是"遥望"一下圣母峰，我们的目标是喜马拉雅山脉中一个叫 GOKIO 的湖。那个湖的海拔是四千七百米，旁边有一个独立的山堆，海拔五千四百米，爬到五千四百米算结束。在四千七百米以前，不能叫爬，也不算攀，就只是健行而已。但是，地球上是每四千米，算是一个大气压，也就是说，高山病大多从这就要开始了。不行的人，就得用牦牛往下运，狭窄的山路，牛要是不小心滑下去了，人也就一块儿下去了，除非你会轻功。那样你大概也不会有高山病了，我的意思是说，在那种大自然里，人是渺小无比的。到了六千五百米以上的时候，氧气之不够用，任何紧急求救装置，没有在登山的电影里那么金贵，经常是来不及派上用场，山难就已经发生完毕了。

孙悟空不是翻不出如来佛的手掌心吗？那只手掌的五个指头就像是腰际还飘着云的五座矗立的山峰；我们的小飞机带着十几个人和装备，活像是在那样矗立的山峰中，S形地飞在，或者说是飘过它们之间，有二十多分钟，就是趴着窗户向外傻看着，心里想：如来佛啊！您可别跟我们开玩笑，让我们安全通过吧！

飞机终于在一个直立千尺的悬崖的平坡上降落，下降的跑道很短，但是是上坡，驾驶员利用上坡，滑到底再转个圈，自然地把飞机弄停了。那时所有的乘客都由衷地为驾驶员鼓掌，充满了感谢，驾驶员是从容淡定的，不知听了几年这种掌声了，我只在他的眼神里瞟见了一种安静的尊严。英国人，他在那种环境里开飞机，对来自远方的登山客而言，等于奉上了第一份来自"喜马拉雅"品质里的"高超"。

那个机场，其实就是高空中的一条土坡，除了那个土坡，没有任何属于航空的设备，只有几只当地的藏獒，坐在它们的地盘上，威严地看着我们下飞机，那云里带雾、充满能量的眼神，让人自动地会变得比较礼貌！全世界的海关官员的眼神，没法比！那个点叫做"鲁枯拉"，海拔两千八百米。从鲁枯拉开始，各人要背起私人装备，插着雨伞，往更山里出发了。才出发，心情一定是开朗、兴奋的，随着脚步和呼吸，台北的尘埃已经悄悄地、大量地，从我们身体里走开了。

一天要往山里走八个小时，边看风景边调整步调，流汗，喝山泉，因为每个人体力和体质不同，速度也就不同，队员之间，自然就各走各的。中饭的时候早就有雪巴族的向导提前到了定点，做好了饭，又在地上铺了一张天蓝色的大塑胶布，压好石块，以免风吹，摆上每人一份的热橘子水和几块饼干，等着姗姗来迟的我们，笑脸相迎地伺候大家吃饭，红红的脸颊，谦卑的谈吐，不由得让我们也变得礼貌起来。

吃完饭，休息一下，交换了来时路上的一些浏览心得，多半是七嘴八舌的惊叹，接着又扛起装备各自出发；雪巴向导们得要收拾好炉火、炊具，放在好大的藤编的竹筐里，用力举起，帮对方背在背上，然后在嬉笑声中快速地出发。他们得赶过我们，到下一个晚餐预定地，做好饭等我们。路上他们背着半个厨房，还能唱歌，歌声嘹亮，直入云霄，回音打在山岩上，山沉静地听着，我几乎不能相信，她们怎么会有这么好的体力？全都是女孩儿！

从一入山开始，我们就在山里寻找，寻找山的滋味，它让我们解了好多"渴"。

刚出发，山还是绿的，人还是白的……

第一天走来，双脚沉重，气喘如牛；第二天下来，四肢无力，饭量大增；第三天，想找另外两条腿帮忙；第四天，奇妙的事情发生了！

（二）

从"鲁枯拉"出发的时候，山上的植物还是五颜六色的森林，有大树直指苍穹，有灌木满山遍布，走在其间，基本上已经有森林浴的意味。一开始会边走边想很多事情，慢慢随着自己的步子和沉重的呼吸，渐渐地开始与世俗隔离。森林浴的意义，好像已经不只是生理的了，沉重的呼吸，也似乎在大量地把心里面的吵闹、计较、担心和兴奋逐渐地从体内排泄出去了。你的身体和心灵愈来愈干净，森林中的宁静和安谧，愈来愈跟你在一起。那是用第一天、第二天、第三天所付出的体力、挣扎和学习，渐渐地，一步又一步地走进一个到今天我还无法了解、无法叙述、无法让它再现的一种"情境"吧！

试着说说"第四天"下午的时候，我一个人已经走了很久，半天都没有见着山径上来或往的人，我就在走，边走边算着步伐的数字，悄悄停止了，人却还在走着。"全然放松"和"奋力向前"的感觉，都不存在了，人却还在走着。脑子里没有在想任何事情，可是却有直觉，那个直觉就一直在领着我走，走到某个悬崖边，自己还知道转弯，依然走着。然后，有一阵子，重量、呼吸好像也不存在了，很清楚地感受到自己走进了一个似乎没有时间也没有空间的真空里。

这个真空跟在太空里不一样，它有光，所有的视觉已经好像没有在用了，全部的环境就是一个空荡荡的感受，就一个颜色，好像是一个干净的、不刺眼的某一种黄色吧！我就走进了那里面，走了不知道有多久，最少有十五分钟以上，才发现我在那里面走，然后才意识到，刚才我怎么会有那种感觉？接下来就没了，再想走进去也走不进去了，只剩下一份没法跟另外一个人说说的喜悦，边走着还是边思想着它，直到再度被大自然的风景叫醒了，才暂时忘了去找它。其他的快乐和新的惊讶，自然地取代了刚才那个感觉，也不会去留恋，只是不明白，那到底是怎么回事，你能明白吗？

什么都是空的，但是那个空，又在动，跟时间、空间又没关系，跟里面、外面也没关系，就是在动，动了大概十几分钟，又好像十几万年，就没了，好玩。我觉得太奇妙了，这么清醒的一个山径之旅，怎么会变出这么一段独而不孤、寂而不寞的经历；用诗去写它是写不出来的，因为你并没有想对另外一个心灵诉说它，就只有自己和自己，绝对地经历过它。原来生命中还会有这样的情形！可以不与任何事情互相依附，或者休戚与共。这样的说法，不知道对不对，大概也没什么对错。

走到了海拔三千五百米左右，有个小镇出现了，它叫做南奇巴札，有为世界各地而来的登山客开的小咖啡店、小酒吧、杂货店、铁店和假日地摊。在逛地摊的人里，其实有更多是从不知道多远或多近的山窝里冒出来的当地居民，在四面雪山、青山共同环抱的南奇小镇上，补充日常用品，有钱用钱，没钱也可以接受以货易货。我买了一块藏人爱喝的茶砖，硬得真能把人都砸昏了。够厚，我喝到今天还留着三分之二，不是因为它太硬，也不是不好喝，而是被我忘了，前几天收东西才再度见到它，留着吧，听说它像红酒一样，是活着的，愈放会愈好喝。

走到海拔四千米，已经是一个大气压了，队员的体力和精神都开始提防发生高山症。随身带着水以便补充，翻过一个幽雅的小山坡，在山雾中，渐渐地看到一个小镇。不是小镇，是一所小学。地名叫昆炯，小学也叫这个名，学校的老师与校长，多半是这小学毕业之后下山念书再回来教书的。旁边有个小村庄，建筑的材料就是山上的松木、杉木、石块。我们的向导公司的向导，有男女老少，全部来自这个村子。空气之好就别提了，家家户户都种点农作物，养点牲口。小孩放学之后除了玩耍，重要的工作就是帮家里捡牛粪，干的就放在藤筐里，没干的就用手贴在石头墙上晒，晒干了收起来当柴火用，生起火来，闻不到一点怪味儿，我只是不太好意思说它好闻，可是一定有人爱闻。那牛，都是牦牛。

雪巴族的向导头，邀请我们全队到他家喝奶茶、吃饼干，欢迎我们的邻居小孩儿，在我们桌前唱着熟练的民歌，边唱还能边吃东西边喝茶，边唱还能与他们的小同伴聊两句天，你看他们那歌有多熟；一个大眼睛男孩儿，随着歌声在我们面前跳起舞来，看他手脚并用，面带微笑，就是在原地随着节奏转圈，那个圈把歌声都带上了，那个歌声把他的舞都包起来了。在这大山的温暖的人家中，看着小孩子的笑脸和天真，真觉得，人在真正快乐的时候，除了唱歌跳舞，没有啥事可干。队里有人高兴，拿了几个卢比放在桌上，那小孩儿看了看，边转边跳，优优雅雅地，不卑不亢地，点头微笑的同时，把钱收了起来，漂亮！

主人请我们喝热腾腾的奶茶，我们也想起把台北带来的咖啡拿出来，"好东西与好朋友分享"，主人又拿出晒干的牦牛肉干，没吃过这东西，可是愈吃愈好吃。我们不敢怠慢，有人又拿出好几包泡面，煮了一大锅与他们分享，在上百年但是非常坚固的木屋里，奶茶、咖啡、泡面的香气，弥漫在话题之间，融洽、欢喜。我认真地在想，是否有一天能在那个村里，在大雪封山之前，找个空屋住上半年，岂不美哉？就在大家开心地、充满温馨地聊着的时候，有一个替我们赶牛的雪巴人，坐在打开的大长窗户旁边，很谦虚地打断我们的谈话，安静地指着窗外七八公里外的一座雪山，很放心地用英文跟我们说——雪崩！

（三）

"雪崩"，在我的记忆里或者说从各种媒体或电影上得到的印象，大多数都是危险的、惊恐的，需要逃跑的一种灾难事件。没想到生平第一次碰到雪崩，却是在海拔四千米的喜马拉雅小山村里"欣赏"到的。

在一个百年坚固的石木构成的房子里，有暖炉、毛毯、咖啡和快乐洋溢的聊天中，看到七八公里外，甚至要再远一点的常年积雪的一座山峰，看得到它的顶和腰，看不到它的脚，我们是第一时间看到，在接近山头的胸部吧，突然断裂一道长约一公里的积雪，一起往山下滑，因为面积很大，所以壮观，因为距离远，所以画面就显得慢，只看到大半座山的常年积雪安静地由裂变碎。产生巨变之后，震撼我们之后，在大家发出一阵台北人的惊叹之后，雪崩造成的声音，才轰轰隆隆地、斯文地传进我们耳中。然后那座脱了一件外套的山，又安静地在夕阳下恢复了它原来的寂静，一切都显得很自然。

因为确知那附近没有人或动物，又因为够远所以没有威胁，更因为从来没看到过所以欢欣加倍，想重播一次，可老天爷不听我们的，每个人大概都深记在心里了。从雪巴族客厅的大长窗户里，看到这么一幅活的大自然画面，在我心里，久久地，自己在重播着，回放着，虽然它发生得安静，我回想起来总觉得豪华壮丽，那印象的发生与结束，虽然不能像一篇动人的文章，可每当我想起来，却能觉得它好像……好像还悟到什么道理了，一绝。

那天晚上就在这个叫做昆炯的小山村扎营过夜。当天，是尼泊尔的新年，他们过他们的年，我们睡我们的觉，第二天一大早要拔营啊！后来听到不远处有年轻人的欢乐声，不行，我不能错过，我也年轻啊！那年我才三十四岁呢！

爬出了睡袋，穿上羽绒衣，外面零下五六度。来到雪巴族的营火地里，好多雪巴人，不仅仅是年轻人，五十多岁的老妇，健朗得不得了，火光让所有的人脸上都无比温暖，歌声、音乐声，一直从人的嘴里和手持的卡带录音机里传出来，流出来，快乐出来。看到一些善于玩耍，或者是他们里面比较时髦的女孩子吧，只不过比别的女孩多围了一条外来货的围巾在脖子上，故意塞得不太紧，显得比较飘逸，再戴一副不知道从哪弄来的、宽框的太阳眼镜，很黑的镜片，到底有什么意思，我都看不出来。反正那几个戴墨镜的女孩儿最引男生注意，也最活跃。

四千米的高山上他们的血浓素比山下人高，寻欢作乐、激烈舞蹈都OK，我们不行，只能看着他们跳。有几个年轻男孩围成一圈，双臂连接在一起，随着由慢逐渐加快的鼓声，甩着头，用力地顺时针跳三步，又逆时针跳两步，速度越来越快，还边唱边跳，其实不算唱，是在喊！五分钟过去了，这个由十个人左右所组成的单调舞群，还没有人累，所以看不到人脱队；圆圈越转越快，时间越来越长，原来以为这只是单调的舞蹈，给人的震撼却越来越大，他们不但在跳，他们还在比，不但在比还不准逃，跳得用力，转得又快，还用力扯着两边的人。我那时候的体力真的还不差，但我估计在那个海拔，要不了三分钟我就能晕过去，真的晕过去。

慢慢地我发现这一圈大男孩，散发出一种从未让我感受过的力之美，大力士或功夫家所展现出来的力，跟他们是不同的，军队的排山倒海之势，是另外一种挣扎和无奈，他们不是，他们给人的力量之美，是由一圈男生，一直跳，一直跳，一直跳，跳得让你将身比身一下，就能倍感心动，继而佩服，继而赞叹，然后还闻到他们身上甩过来的汗味，大得跟浪一样，也只有这地方生长的人才能这么跳，让黄土高原陕北一带的腰鼓队，或者日本的太鼓团，来这跟他们一起跳，可能就会很难看了，起码还不能让人闻到汗味儿，就缺氧而停下来了。那个晚上是零下五六度，尼泊尔的新年之夜，我看到了，从人身上能发出来的一种力道，好像古人才会有的一种力道；又算一绝。

走到了四千五百米左右，冰河出现了。所谓"冰河"，原来河里没有水，是很深很宽远的干河床，积满了乱七八糟的大冰块，最小的也有一辆计程车那么大；大的大概有间房子那么大，不规则地推着，或者说互相撑着，看似不动，其实它也会被压碎的小块冰块带动，这不动则已，一动就是哗啦一声巨响，骇人心弦，因为离得近，你会吓得倒退几步。但这情形我只是听雪巴人说而没亲眼看到它动，只见它们好像很荒谬地，好像被谁放在那个山沟里，而且一放就不知道多少年，随着下游的融化，它们才极缓慢地动，偶尔发出声声的巨响。

四千五百米，人走路已经不能太快了，要徐徐地走，快跑不到五十米必定气喘如牛，但是我耳边突然听到十几米以外，有一阵快速的风声，就像我手拿一根竹子，快速划过空气的声音，嗖的一声就没了，原来是一只鸽子飞过去，它们是喜马拉雅山脉特有的飞禽——雪鸽，个头比平地鸽小了三分之一，体力就不知道要多了几倍。抬头一看，有一群雪鸽正好飞过。鸽子一般群体飞翔的时候，常会随着带头的鸽，左右不定，时高时低，不规则地

这里海拔四千米，已经可以遥望到圣母峰，它八千多米

翱翔在空中，雪鸽群也有这种群体飞行的线条感，但是速度快了三倍！你想想看，你看过的鸽群，在空中集体飞翔的那种曲线和节奏，突然加快三倍，那还是鸽子吗？尤其是在已经相当缺氧的高山上。我第一次感觉到一群安详的鸽子，只是在正常地飞，却好像天上狂奔的风。

（四）

我想，每一个人登高山的经验，都会有相同的体会和不同的感觉，山，到底是什么？为什么愈高就愈让人想到这个问题，愈大愈深就愈令人感动？

我以前跑过船，看过不少的海，大海跟大山虽然都有令人难忘的感动，但是在感观上，海是无时无刻不在动，行船的人总是有风险的。对海的惧怕和对山的惧怕，是浑然不同的，海上有流浪的感觉，海上有张狂的时候，海，经常会让人害怕，就像郑愁予的一首诗："来自海上的风告诉我，海的沉默太深，来自海上的云告诉我，海的笑声又太辽阔。"虽然这首诗的两小句会让人想到爱情、或者人生，但是反差太大，过于激荡。山就没有这一类的怕，走在寂寞的小路上，不觉得孤独，就算有孤独，也是孤独地在面对自己。

海难如果发生，人们容易怪海的残酷，山难发生，人们不常去怪罪山；海上有岁月感，会思乡，山里，动辄十天半个月就晃过去了，不管你是动着的，还是静思的，一下午的时光，很快就随着浮云而过。山是这样的静，虽然它是生意盎然的地方，山给人一种能够定的力量，从大山归来，心里会有不舍，有感激，对生活也好像更有了包容的珍惜感。

难怪自古以来人总是去山里闭关，或者去山里修行，没听过谁去海上闭关的。我好像故意把海说得太不好了，想来彰显一下山的好，不是这意思，是我写得不够恰当。海，跑久了，你好奇地去问他有关海上的事，他往往只是用淡淡的一笑来回答，山里待久了，下得山来，容易静观世态。我在海上……别谈海了，再谈就真的岔题了。

"喜马拉雅"好大好大的山啊！在里面走了二十天还没到"圣母峰"，我想我这辈子到不了了，只能从资料上去得知和联想联想了。但是到四千七百米的 GOKIO 湖，坐在湖边七百米大坡直上、寸草不生的五千四百米山堆上，遥望着二三十公里以外的圣母峰，肃然起敬，又心生欢喜。虽然举步维艰，还是不愿意放弃每一分钟的瞭望，峰峰相连到"天边"当然是真的，关键是你当时所见到的峰，都只剩下七千米到八千米以上的千年积雪峰了，只有最高的圣母峰，不完全有积雪，因为山高招风，雪也存不了多久，就被劲风吹走了，剩下一大块铜墙铁壁，矗立在众山之巅，只能傻看着，不知道怎么形容，好像除了人，什么动物也没上去过，包括雪鸽。如果说"巴黎铁塔"是巴黎的一个地标，那"圣母峰"当然就是地球的一个球标了，不对，这样讲显得我书读得太少了。反正山高到一定高度的时候，就不再是青山了，所以青山不老、绿水长流这种话都太小意思了，可是当我坐在五千四百米的山堆，傻傻看着峰峰相连到天边的景象时，那种幸福感和庄严感，依然希望用青山得以不老、绿水能够长流的心情，去赞美那心中的喜悦。

以上这些话是我去了一趟喜马拉雅山，回来之后的稀罕。因为我对大山的了解还是不够的，所以处处充满惊讶、赞叹，就像见到一个面目俊朗、胸有大志的人，我就会以为这人可能是一块可以安邦治国的料，殊不知真正的"了解"才是稀罕的。人说"只在此山中，云深不知处"，听起来是山和云带给人的迷惘，一种不了解造成的假象，其实能说出那话的人，对基本情调的掌握够味道，对人与事的感受够明白的；换句话说，山没那么复杂，所以终究让人感动，海没那么单调，所以让人难以捉摸，要不孔子怎么会说"智者乐水，仁者乐山"呢，我没比方错吧？不就是爬爬山，回来说说心得嘛！可是又觉得肚子里墨水太少，明白人又不在旁边，回述起来，有丢三落四的担心。

好，去了一个月的喜马拉雅山，回到台北，很清楚地觉得自己内心中，有一份空前的宁静，过去的是是非非、纷纷扰扰，就真的不再影响我了，像得到过一次大山的恩宠，看什么都是好的。看到自己有个家，房子还是自己买的，还能有一辆烧汽油的车，哇！我太幸福了，我太满足了，想要好好地珍惜从山上带回来的这个感觉。

回到台北，一个月瘦了五到六公斤，黑得发红的脸，留着像蒙古牧民般的胡子，站在十一月中的台北街头，寒流来了，穿一件短 T 恤，一点不知道冷，那是因为从高山上下来血红素改变的关系，听说一两个星期就会自动转变成原样。回来走在都市丛林的、有毒的水墨画里，也不在意这是谁的错了，心里那份祥和保持了好一段时间。这一段时间完成了表演工作坊《圆环物语》的创作与演出，我甚至私下跟金士杰、李国修、赖声川讨论《圆环物语》这个戏，从技术面考虑的地方过多，情感面仍嫌肤浅，他们拒不接受，我因为刚从山上回来，难得的平静，也就不坚持了。否则，当年他们是"辇"不过我的。

本来，下山后真想存点钱，在大雪封山之前的某一年，再去那个小山庄昆炯，找个小屋静住半年，遨游在雪巴人的生活之间。没想到，在国修家有一次开会，我刚进门，擦肩而过一个女的，我跟她的脸只相隔了半个手肘，脸对脸，眼睛对眼睛地看了一下。就是她，后来让我没再去喜马拉雅了，她后来成了我的山，我成了她的雾，我飘出去赚钱，回来再飘进她的怀里，去到世界各地，她那种似乎前世见过的眼神，还是像蒙娜丽莎一样，看着我，直到今天，她成了我三个孩子的母亲，我的另一半，我的喜马拉雅，我的丽钦。希望"青山不老，绿水长流在我们心中"。谢谢喜马拉雅山。

2006 年 4 月

贺兰山下

拍摄电视剧《新龙门客栈》那一年，我四十四岁，刚刚把表演工作坊的股份卖给了我的合伙人，变成一个单纯的"演员"，去到宁夏回族自治区的银川，首次进入大陆拍戏，凡事第一回的经验总是回忆较多的（那是一九九五年）。

十二年以前的银川与今天应该好不相同了，刚下飞机似乎就可以闻到一种大西北的干燥味。剧组派车来接，二十分钟左右，就到了下榻的旅馆"贺兰山宾馆"。进了剧组与制片、统筹见了面，开了个会，才知道有两个多礼拜都不会有我的戏拍，这两个礼拜便可以到处走走。

旅馆会叫"贺兰山"这个名字，是名副其实。一打开窗，就可以看见不远处的贺兰山，或者说"山脉"，山势壮阔却秀丽，有棱有角却线条温柔，看起来阴阴的，可是又不会害怕。瞧过去整座山是黑色的大岩石，却暗而有光，颇能吸引人们的视线，从

《新龙门客栈》剧照

哪个角度看过去都百看不厌。海拔多少，不清楚，目测大约有千把米高，在古代，已俨然称得上是对外的一座屏障了。

贺兰山宾馆由两栋新的和旧的大楼，以及一个小广场组成，算是在银川市的郊区。大门外紧连一条直通陕北的公路，可以经过西夏王陵的废墟，九个西夏王的陵寝，就在贺兰山脚下的一个开阔的平原上。走在那一大片废墟上，离黑黑的贺兰山更近了，风水肯定很特殊，思古之幽情就更容易产生了。正在弯腰捡一些六百年以前绿色的琉璃瓦片，眼睛的余光就被一个灰色的影子吸引，定睛一看，一只野兔，天生机敏地在杂乱的土砾中长满了野枸杞的山沟里，吃着红色的小枸杞，发现有人，马上就真的"动如脱兔"一般，消失在乱石堆里，连天上的老鹰都没有发现，要不然老鹰起码会往下冲一下。听当地人说，二十几年以前，这一带冬天还会有狼从内蒙古翻过山来猎东西吃，有带头的狼，一群一群有计划、有战略战术地伺机出现，晚上的时候，连人都不害怕，是最有耐性，又团结，有组织性的智慧型掠食动物。

剧组中一位负责召集临时演员的中年女人，性格豪爽，是共产党员，她说当年入党的条件还颇严格的，是令众人羡慕的一种人。她是蒙古族，当年为了追求宁夏的丈夫，她赶着羊群翻过贺兰山来找她先生，结婚、生子，在银川定居。赶着羊翻山越岭过来找她郎君？怎么有这么浪漫的女人？听着都来劲！要是赶着羊群没有翻过贺兰山，或者是只翻过山却没赶着羊，那听起来可能就单调多了，至少不会有这般的感动，而且是双重的感动。

有一个赶着骡车，由陕北拉了一车大水缸过来卖的陕北汉子，约摸四十出头，斜靠在大车的杠子上，抽着土烟杆和路人聊天。我也在听着，偶尔跟他们搭搭腔，可是不去惹他们注意我，他们也就对我不会太见外。聊天的内容就很生活了，没有装出来的语言，很容易看到他们的心境和当地文化。粗汉子会因为一点点细故，就高声地骂着小孩儿，汉子骂完笑了笑，满脸的皱纹，好平和地舒展了一下，继续抽着他的土烟。什么土烟？跟他借来抽抽吧！他笑着塞了一小口烟草，粗粗的，淡黄色，一根用得发亮的烟杆，不到一英尺长，管长洞小，也只能容纳一口烟草。我拿着杆子，对在嘴上，他用洋火替我点着了，我这一吸，差点没呛昏过去，脑袋都发沉，两腿都有感觉，烟都好像冲进小腿了，劲儿真够猛的，难怪他是靠着杠子上吸！领教了。旁边的大人小孩都在笑着我的洋相，我顺口骂了一句刚学的粗话，他们更乐了。一个下午，就快乐去了一半，快乐在贺兰山脚下，一个新认识的文明里。

那边的人，虽然物质上可称为贫穷；但是为了生活，充实，可谓美，在不算肥沃的地方奋斗，可谓美，在收获不多的地方，接纳，可谓美。他们的美，不是来自它外观的耀眼，而是内敛的纯朴、深蕴。

贺兰山脚下，自古以来发生过多少山前山后互相为敌，又相互和谐过的故事，使这块地方一直到今天都让人觉得它"古朴"。

就是，黯而有光，淡而有鲜，钝而有巧，乃至，重而有灵了。我可能形容得卖弄了点，但是，有空你去看看，或许就有同感了。要去就得住下来半个月以上。

2005 年 3 月

回味啊，人生

一九五九年，我家在台北信义计划区的旧址，一个眷村的外面住着。我正在上小学一年级下学期，那个小学叫信义小学，全校的同学，多半是用山东话和四川话在交谈，因为全校将近一千个小朋友，都是大陆省籍孩子，只有一个本省人，还是高山族，他的名字我从来就不知道，只记得他的外号叫"嘎啦毛"，全校都认识他，他可没空一一去认识其他每一个人。

我们班上的教室是新加盖的，在一个长满了马蹄莲的池塘上，打进桩脚，铺上木板，用竹子编的墙，用竹子盖的屋顶，开的窗，许多人在跑跑跳跳的时候，还会发出吱吱的响声，塌了也砸不伤人。我们在那个竹子教室里上了一年的学。有一次考的是算术吧！我得了"九十五点五"分，我不知道那个小数点的意思，就自动把它算成是"加"的意思，九十五加五，那不是一百吗？就跟别的同学宣告：我也是一百分耶！他们就围过来看了半天，也没人提出异议，你就知道那个时候的小学一年级学生的理解力，也就差不多是那个样了，那个来自大江南北的小土样了；一年级哪懂什么规矩啊！脑子里才知道多少事？

"防空演习"可是最好玩的课外活动之一了，老师带着我们到象山（那时叫拇指山）脚下，让我们都蹲下，有小朋友想起装对岸的飞机来轰炸了，做出各种炸弹和机枪扫射的声音，表情之投入，俨然他自己就是飞机上的驾驶员，其他的同学也自动配合地挤在一起，埋着头，捂着耳朵，发出被炸的尖叫，大人演大人的习，我们玩得"普天同庆"！

每天早上出门上学去，妈妈会塞给我一块钱。在南村口有个大妈，在路边卖着现烤出炉的韭菜盒子，一块钱一个。她是用炉火，上面罩着一个陶土做的盆子，口朝下，底朝上，盆底平面有许多孔，捞好韭菜盒子就摊在上面烤（那时我们叫"腾"），要四五分钟才能"腾"熟。跟现在用平底铁锅油煎出来的韭菜盒子两回事，油煎的皮太油而且焦黄，外面烫嘴里面的韭菜却生得辣心，不香。如果用中小火"腾"出来的盒子，第一，面皮只在有孔的地方微黄，慢慢加温的，外面的面粉都还留在面皮上，不会硬，有面的香味；第二，因为不是炸热，不是快速加温，所以韭菜在里面焖熟了，它的香味和粉丝、豆腐、虾皮，密密地混合成一体，做完了放在一个里面垫着棉被的小木箱子里，保暖，等着人来买。我每次都是用两只手捧着，像吃西瓜的姿势，一口咬下去，在寒冬走路上学的早晨，太值了。口角留香到第一节下课，甚至于还在期待它会反刍上来一口，回味回味！

写到"回"字又想起下课在学校的墙上，或者回家在半路的墙上，经常会看到"打回大陆"等等铁皮做的标语，蓝底白字，小朋友们就对那个"回"字感兴趣，捡一块软泥在手心里揉一揉，打中小口五分，大口三分，大口外一分，如果扔到铁皮外就算脱靶，泥巴粘在上面算数，粘不上不行，等了几天干了会自动脱落，就这个，到今天想起来，还回味无穷。

一个防空演习时飞机驾驶员的表情，一个路边大妈认真卖韭菜盒子的样子，一个一群孩子练习丢泥巴的快乐，那些突然会闪回脑子的画面勾勒了我许多的童年……存在心里，岁岁年年，似乎也成了一种刹那的永恒。久了，想想那些人，那个时代各形各色的大人、小孩，如今，留在价值观里的，就是两个字儿——庄严，一种生命不分贵贱的，同样在呼吸着、生存着的一种庄严。

白云苍狗，世事多变，镜头一跳，我跟赖声川、李国修共同创立了表演工作坊，那是在我三十三到四十四岁的十一年，可以说是某一种人生中最重要的十一年吧！十一年里，我没有学会沉潜，因为我没有感觉到"沉"，我也没学会包容，因为我一直被环境里的人和事包容，做人的修养可以说已经坏到第一名了。坏归坏，可是在年轻狂傲的路途上，创作和表演的工作，可从来没有轻松过。演完了《那一夜，我们说相声》演《暗恋桃花源》，之后他们两个又开始讨论《圆环物语》，国修最早的一个小点子，后来被赖声川规划出，大伙一起发展出了非常华丽写实的一出戏。

那出戏，其实说得不深，但是戏的流畅、戏的结构和对白都很清新、漂亮，大家都很年轻又专心，那真是一个让人回味的戏。可是总结下来，居然赔钱！国修离开了，去做屏风表演班。我和声川接着又一个戏一个戏地做下去，开会、讨论、找资料、送审、租场地、排戏、演出、回家、做功课，完了再从头循环一次地来过。那十一年当中，金士杰、丁乃筝是最紧贴着表坊的核心演员，当然还有今天已经成熟独立的许多优秀演员，大部分都去闯荡江湖，或成家立业了，我内心的感受就不多描述了。

镜头再一跳，我离开了表坊，去大陆拍戏，小孩渐渐长大了，我也乖乖地华发丛生，转头看看所有的故人，各个行业的都有，各过各的，有时偶然能聚聚，有时十年难见上一面，最后又回到自己的生活里，他喝他的白兰地，我喝我的矿泉水（当然偶尔也会加点威士忌）。思念过去的人和过去的事，从来没有停止过，端详熟睡的妻子和小孩，也一直是我爱做的事，明明是很辛苦的路途，我却没有气馁过，看到赢的时候，却有莫名的躁进。

回忆的心情虽然是静静的，展望未来也没有彷徨，生或死的观望和刺激，不断地提醒着我要再学习，而且要快，因为天不知道什么时候会变的，会下起鹅毛般的大雪，把一切平静都可能掩埋掉，我浮浅的人生啊！什么时候才可以真正地"雪尽马蹄轻"，甚至带来"踏花归去马蹄香"的禅味儿。每一天都想跟自己说："李立群啊！明天将是一个新的开始！"但是都经常忘记说，经常忘记。

2006 年 1 月

台湾怪谭

　　在《台湾怪谭》的单口相声里，我曾经说过一句台词："跟事实不相符合的台词，是最难背的。"这话在剧中只是一句好笑的话。但是如今想起来，感受更深了。再扩大一点的话，就是说，其实自己对生活中不熟悉的事，或者不够了解的事，都算是一种难以表达的事。

　　还真怨不得别人，包括台湾现在的政治，活跃在那个行业里的人，我谁都不怨，更不能说他们是一群读了万卷书、行了万里路之后，终于成为一个无用之人的人。他们个个都能说会道，是所谓的名嘴，我就更不敢怨他们是一群没有知识的知识分子。所以我不能怨，我怨我自己不够了解他们，我是看不到真相的一个老市民而已。

　　什么"民为贵，社稷次之，君为轻"，这种小时候还当成"国文"背的话，现在已经被"去中国化"了，人们似乎都不太去正视它，就让它利用它的合法性去掩护自己良心上的非法。我没有怨的意思哦！我只是不够了解这一切，不好意思，像我这么一大把年纪，是怎么活过来的？真能混啊！我不清楚。愈来愈糊涂了。

这些年，我真是像极了《台湾怪谭》里的"阿达"，尽在做一些我不一定能了解、却又得去参与发言的事，还包括会去演一些我能够理解、却又演不出来的戏，或者是跟一些我不够了解、却又要紧密合作的人在一起工作；我不想做的事，我却去做了，我想做的事，我也去做了，却是未尽之处多，能尽之处少。我其实根本就写不好文章，因为人家要我写，我还就跟真的一样在写，这是"随缘"那么好听的意思，还是根本就是一个"乡愿"？

这些年，我到底是在当一天和尚撞一天钟呢，还是在一片荒山野岭中，随意地盖上一间不太搭调的小木屋，就冒充起开垦山林的人？这些做人做事的究与竟，真是不容我去想清楚，就已经明白地感觉到自己要老了，来日不多了，就算来日仍多吧，也没以前那么有力气了。可是力气跑哪去了？感觉跑哪去了？信心跑哪去了？知足跑哪去了？还是说以上这些东西，其实我从来就没真的理解过？要不它怎么会跑了呢？！

我的家，是由家人组合出来的，家人在哪，我的家就在哪。不在家在外工作的时候好想家，回到家，家人问我一些事，我答不清楚，心里就会不痛快，那当然更不能怨家人了，只知道原来自己知道的事这么少！包括对我自己这个人；对自己知道得多还是知道得少，不表示自己对自己不明白，当然，也未必表示明白。听得懂的朋友举一下手吧！

好，就是这样的一种心理状态。

最近，随家人一起到安徽的黄山去了一趟，去得匆忙却很难得。更难得的是，我们是在黄梅雨季到了黄山，每天都要雷阵雨一番的，山也应该是全被云海盖住了，也就是说我们应该在大雾和雷阵雨中，湿淋淋地走完黄山的山道。结果运气太好了，就在上山的那一天，没有雨又不太热，喘得快要受不了，人也到山顶了。一眼望去，全是黄山，杂志里的黄山，电视里的黄山，国画里的黄山，反正眼睛是吃了一下午的黄山大餐。晚上住进一个旅馆，吃了顿黄山菜——黄瓜、黄金瓜、黄笋干、黄山一蕨、黄豆干、黄土鸡、黄花排骨汤，反正黄到底了，很舒服。

第二天早上，云把日出妨碍了，没看到，不心疼，哪儿没看过日出啊！可是，九点以后雾散了，雨又停了，赶快"站在高岗上远处望……那一片绿波"，不是，那一块一块的黄山岩与岩上的松，一览无遗，能看到好远的山，黄山以外的山都能看到，但是不知道为什么，我并没有什么"黄山归来不看岳"的饱足感，其他没去过的山，以后有空还是要去的。

山有什么好比的，都好玩，都够累，都美丽，也都会怕人，每座山都会有它无限的魅力，这是我刚见到黄山顶峰莲花峰时的初感受；再看看它，就明明白白地摆在你眼前，让你端详它。端

《台湾怪谭》：一个人的表演

详了才十几分钟，突然感觉，原来所有的媒体，包括国画，其实都未必表达出了黄山的魅力，连块山皮的感觉都没拍出来过，那份寂静却又有生意盎然的感觉，对不起，没人拍出来过，什么"飞来石""神仙晒靴""迎客松"，这都是"噱头"，所谓"噱头"，就是跟主题无关的事情，看不看没那么大影响，还是那一块一块的石山堆，堆出来的气势和质感，让人随时都会感动着。

抱歉啊！我没有损人的意思，也没有损黄山的意思，它就清清楚楚地摆在我的四周，一千八百多米高，大部分也都看到了，秀美、壮丽、古朴、雄浑这些中国的古美学词儿，总觉得都还不够形容得准确，大概以前就不该了解它太多，或不了解它太多，结果一见面，心里准备好的黄山没看见，没准备好的黄山，反而看到不少，这还真奇怪！

此行与家人同游黄山，收获很重要，却又收获不大，没有人能帮你去真的感觉黄山，只有等你自己去了。大概就算是去了，要谈收获？别怕！真了解的人其实不多；就像《台湾怪谭》一样，好看是好看，看完了有什么收获？明白人其实不多，哪去找啊！什么叫怪谭？什么叫黄山？什么叫旅游？什么叫人？……别嚷嚷了，再嚷嚷，就把原来那点活的，给嚷嚷死了。

2006 年 8 月

春暖花自开

　　大陆有一位相声演员名家马三立，大名家，天津人，经常用天津话演出单口相声，普通话也用。讲的段子短的约五分钟，长的约二十五分钟（长的多属双口相声）。"看"他的或"听"他的表演，会让人开窍，你会从他身上看到相声这种表演和文化，为什么会在北京或天津衍生出来，因为他的表演，看不出来是背过稿子的，就好像由他嘴里发生一个记忆中的叙述而已，好像他都真的亲身经历过。他很平静地说着，或者无奈地，偶尔顽皮地，绝不故意煽风点火，永远是四两拨千斤的高招，去轻松地抖出一路的包袱。

　　他的语言、节奏、思维，以及他所说的故事，透露出来的文化、气质里的"喜"气和中国人的一种"贵"气，都很北方，或者说更北京、天津，而京津一带的语言和文化如果是一种环境，那么马先生的相声表演，就如同在这个环境的春天里，开出了各种不同的、带香味儿的花。

他还不是"为了"春天而开的花，他是在春天里自然就开放出来的花，他练到了，看到了，培育到了，被环境营养到了，等到了"春天"，他就开了。所谓的"春暖花自开"，等你正感谢他，为人们带来了这么多喜悦的春天的时候，他又用他的晚年，还告诉了你：别客气！不要因为"惜春"，而忘了还有夏、秋、冬！然后安静地走下了人生舞台。他的一生，所有的一切，对我来说，就是艺术"家"。不再徘徊，到家了。

台北往乌来的公路边，有一站叫"屈尺路"。右转进入屈尺路，下坡，两边有商店、住家，安静、悠闲，路底又逢上坡，有沿山而建的五六栋公寓，百来户房间，盖好有二十年或更久了。它是"内政部"北区的一个养老院，环境清幽，景色宜人，好山好水，好无聊！老人们动作都慢，大家自己互相也都知道；这个养老院只接受身体健康、生活能够自理的老人，也就是说要活得还有一点基本尊严的人。在那块园地里的老人，想想自己的亲人，看看电视里的别人，在走廊三五成伴地坐着聊聊天，人生如果是战场，他们这一批老兵，已经完成许多光荣的任务，"奉命"准备撤退了。人生如果是道场，我好羡慕他们可以如此安静又有礼貌，虚怀若谷，卧虎藏龙的，大有人在，如今却也都"一任阶前点滴到天明"……

不管人老了，是有钱、没钱，住在养老院还是与家人同住，都得乐天知命，都不能出问题——出了问题，其实谁也不能真帮上什么忙，老人们心里比谁都明白，他们也明白这年头人们都喜欢老房子、老家具、老车子、老古董、老文化，就是不喜欢老人。如果是你，你要怎么去经营和看待你的最后那几年，才能让你觉得不后悔、不抱怨，还能任劳任怨还认真地活着，动作都很慢地活着，然后走下人生的舞台？

马三立老先生九十多岁在天津的养老院里住了十几年；"内政部"这个北区养老院，我在里面住了一个多月。因为我妈就住里面，我回台北陪她过年，屋子很小，其实妈妈一个人住就不够大了，再塞进我和我的皮箱，妈妈睡床上，我睡地上，她很高兴，今年八十四岁了。我白天出去看朋友、办事，晚回来了一些，偶尔妈妈会自己睡地上，把床留给我，我跟她说不要这样，她说她起得早，地上不会有人绊到她，我是又惭愧又感激，她还是挺高兴。

从马三立先生一个老相声艺术家，一朵在春天里不是为了代表春天而开放的花，而是感受了春天的温暖、生命的美好而开、而放、而盛放，似乎由衷地在对世人说"你好吧？"对自己的生命说"是！"的一朵花。又说到屈尺的"内政部"北区养老院一批一批的老人们，在那里撤退、去、离，他们是永远开着的花、还是已经要凋零的花？没有了对于生命由衷的喜悦，把养老院里装点得再艺术，老人们也无法驻足欣赏，反而是池塘里刚刚长大的鱼儿，在池里快速地游来游去，倒是常让老人们傻看半天的一种沉浸；早晨的山中空气，反而是老人们绝不愿错过的一种

过了夏、秋、冬，才知道什么叫"惜春"

沐浴。

看一万遍马三立的相声表演，可能依然可以笑一万遍，但是依然挽不回"春天"，那个曾经在每一个人生命中经过的"春意盎然"。年轻时候的我，不知道什么叫慈祥，不知道什么叫检点，更不知道什么叫"不敢为天下先"，只知道胡鸣乱放地在无数个春天里。殊不知，原来以前的我，是先过了夏、秋、冬，才可能略知道什么叫"惜春"；妈！让我在你身边多过几个年吧！

好花就像一个好的作品，是创作者的心灵在创作的过程中，仿佛接触了永恒，认识了永恒，尤其是当他们在老人院里做最后绽放的时候，充满了我这样欣赏者的心灵，成为一种对我这种人的救赎。那些眼前的生命，那花，开得多艳、多干脆啊！虽然这世上有这么多种不同的花。不多说了，先让自己搞清楚什么叫"春"吧！瞎春、乱春，可是会春出问题的，什么人，都不能出问题啊！

任何时候，哪怕是夜深了，我从外面归来，看到养老院里的走廊边、榕树下摆着的一些空椅子，我仿佛依然看到他们在聊天。我演的戏，会让人有这种感觉吗？答案是一个很深的洞。

2006 年 3 月

"疯"与"半疯"

在一本叫《静思手札》、笔名黑野写的书里，看见一则独立的小事，他说："在旷野，我看见一个人挥舞着手脚望空狂奔。我问他：'你在干什么？这样匆忙？'他边跑边高声回答：'追逐青天上的白云！'"

就这么几句话，一看就知道是作者随笔想到的画面。有没有这样的事或人？当然没有，当然也到处都是！谁真看过这样的人？就算有，不是天真无邪的孩子，便是个疯子，要不就是个忧郁症的患者，或躁郁、抑郁症的人。因为以上几种人没有这么快乐的心去忙碌这种事，或者说他们可能因为早年早已追逐过，大量的追逐过后，疲倦了，伤了。

"疯子"在医学上的解释大概是神经错乱到无法控制的地步的人，真是如此，疯子还比较开心，因为他虽然判断错误了，但是他感觉没有错误，而且毫不怀疑自己的目标，捕捉感觉的能力特异于常人。

不过，会去挥舞着手脚望空狂奔的疯子，你问他在干什么，怎么这么匆忙，他还能高声回答你："我在追逐青天上的白云！"这疯子肯定也是念过几天书的"文疯子"。"文疯子"的意义又不一样了，他肯定比较有思想，虽然他的思想并不比行动高贵，但是他的思想却真的在付诸实施，而且不计成败，看来是那样的认真，不做作，而且还对任何人不造成伤害。如果大声地告诉他："你目标搞错了，那是不可能的蠢事！"他可能会很惊愕地回答："你们才搞错目标了，像航天太空那种既危险又贪心的玩意，才会给人带来灾难，是'你们'都疯了。"

一个真的疯子，资深的疯子，应该是会觉得别人都不对了，只有他是对的，是有感觉、有思想，而且又能说做就去做的人。说不定他过得很美满，因为当他安静下来时，你在他脸上看不到茫然，反而看到独有的尊严，看不到干枯，只看到他真的在休息。只是以上这一切，不管是"文疯子"，还是"文盲疯子"，在这个世界上都没有舞台，永远不会是主角，疯人院除外。

完了，疯子的理论谈不下去了，那就谈谈半疯之人吧！更没法谈，因为世界上几乎都"是"，那极少数的"不是"也都成为领导各地疯人院的领袖，只是几年一换，或者是几十年一换而已。他们是人类少数号称"正常"而且"清醒"的人。

半疯的人其实是很容易痛苦的一种人，就拿我自己来说吧！我追过天上的云，可是追之前，我会先看看旷野上有没有房子，或者是车子，或者是带刺的灌木丛，而且我只追了一会儿，就觉得自己像个傻子，谁愿意啊！所以就不疯了。看着别人舞跳得那么好，我极冲动，热情也不输年少时，但却没有了能够听话的脚。就这么样的两件小事，不能像疯子一样无忧无虑地去做，就会让自己感到不满足，硬去做，又掉进"做作"中。你看哪一位政治人物与民同乐时，跳的舞像样的？跳得其实比一头驴还要驴，但是他就会被选上，不管好坏，总有几年春天属于他的，全是要靠半疯的人捧场。

最近台北沸沸扬扬的"深喉咙"事件，我对深喉咙是谁一点都不感兴趣，反倒是一群群媒体上的浅喉咙，或者是尖牙利齿的一批名嘴吧，倒是挺有兴趣，因为他们很像我的某一部分，"半疯了"，而且都是"文"半疯，他们巴不得找到深喉咙的尽头，让那群人的春天消失，走入疯人院去，换他们来创造另一个新的、可能更深的隧道咙！

我拿这事举例子倒是没有抱怨的意思，我在欣赏他们，他们有舞台，而且都是主角，票房好像也不错，怎么演都比那些看完了之后笑不出来的相声要好看。为了不使自己的生活干枯，深浅喉咙的战斗，是要经常开心一下的。看那些浅喉咙，快意而专注地在观众面前办案，让我觉得"清官"这个角色真难演啊！看到那些"半疯"的，缺乏知识的知识分子，在那阐述人生舞台上的演技应该如何如何，我这个专业的"文盲半疯"演员，真是汗颜！

我绝不敢随便在纸上骂人，我只是觉得，流浪狗都需要人抚摸抚摸，人又何尝不是一样呢？我想摸摸他们，细细地摸摸，也好知道哪一天演起"领袖"的时候，也算做过基本的田野调查，约摸地知道一点什么叫"民为贵，社稷次之，君为轻"的古训。错了，可能应该说"君为贵，社稷次之，民为轻"的今训。

2005 年 12 月

枫树的春天

　　我内人，老婆，山妻，拙荆，家里的，也就是我太太，丽钦，喜欢画画，在她眼里，一草一木，经常要比在我眼里好看多了，起码好看的理由要多一些。结婚之后，为了家，她不太画了，可惜了。

　　台湾的红枫叶不少，加拿大就太多了，我家在温哥华东边的一个小城里住着，"一个小小的寂寞的城"，地处加拿大和美国群山之间，在一条瘦瘦的土地上蔓延着，被慢速度开发着。

　　加国有多少枫树？有多少种枫树？有多少是被印在国旗上的？印在 T 恤上的？那就别提了。真是看不完，听不完，数不完，知道不完啊！

　　就说我家后院里那棵半人高的枫树吧！

　　中秋一过，我们那棵小红枫，就开始发光了，阳光下它发出淡淡的红光。阴天，它发出静静的冷光，深红，小叶，一只虫都

我和内人的合影

没有，每一片叶子都跟新邮票一样那么干净，摘一片夹在哪儿都合适，因为它的叶子健康，有劲，又红，衬在蓝蓝的天下面，或者白云低下来靠近它一点，看过去它都是主要焦点。

在外国、中国都有很多那种喜欢被用来当围墙树的扁柏，苍翠苍翠的，有劲吧？可是一衬在小红枫后面，那就成了一排卫兵，来保护它的。小红枫长到哪里，扁柏都得让开，随它长，它也不乱长，长到想长的样子，就不多占地方了。可是你可以看到，它整体虽小，却能像一个结构得非常好的"太阳城"，或是"太空站"。这两个例子可能举得都不太好，反正你往大看，它就够大，你往"秀"看，它"秀外慧中"，你往里面看，它充满生机，秋天就是它的春天。

我默默地站在它旁边，摄氏四度左右，静静地看着它，能站上十几二十分钟，好看。结果我那个"家里"的"山妻"，把它画下来了，不在我们院里，她把它种到黄山上去了。跟行云流水住在一块儿，这下子美极了。她还画得活像它，干净有力，似有光……气得我说不出话来，心里非常地佩服。

我们家后院虽小植物不少，小红枫的西边有一棵大枫树，不会红，时候到了，就专长叶子，专掉叶子。一年四季，它老有事儿，叶子要是剪慢了，能压到隔壁的屋顶去，脚大、手大、身体大，有四五层楼高，懒得抬头看它，脖子累。

有天下午，孩子放学回来，我们在屋里聊天、看电视，听到一声巨响，噼啪！地都震，我觉得是后面的邻居家怎么了。儿子年轻，听力好，以为是我们家餐厅后面的木阁楼塌了！大家赶快跑去看，大枫树断了！一棵丫字形的大树由腰部分开，就像花菜被切成两半的样子。可怕！痛惜！无奈！救不了了，留着危险，随时会再断一下，那就难看了，最少两家的屋角会毁得很彻底。

第二天打电话请人来把它锯了，要八百元，还价到五百，工人看了我一眼，答应了，他在想，怎么这么厉害？！我在想，锯棵树五百加币，真的厉害！工人风卷残云一般，把个大枫细切了几十块，叶子、细枝，直接用机械打得碎碎的，上车载走，粗干、枝干留下一堆，像座小山，我和儿子们同心协力，把树干砍小劈开，堆在院里一角，风吹日晒，由夏入秋，入深秋，干透了，拿进屋里几块，放进壁炉，够烧一晚上的，天擦黑就生火，枫树变成了枫木，真香，好几家外都能闻到，有的人家烧的是松木，也香。不同的香，弥漫在我们这个小山村里。如今，小红枫掉光了叶子，秃秃地挺立在后院，准备冬眠，来年春天，发了芽，长了叶子，小红枫"着珠衫，依然富贵模样"……

"家里的……"我来看看你的黄山。

感官的记忆跟情绪的记忆，是可以纠缠在一起的。

2007 年 12 月

原来我是一个"塔利班"

塔利班，这个名字越来越代表着暴力、危险，与世界作对，等等印象。世界各民族，因为文化的不同，宗教的信仰不同，生活生存的条件不同，像动物世界一般，产生了各种不同的生存价值观和生命的方法论。我今天来谈塔利班？我哪有那么大胆子，我也没有那么多学问，当然，我跟他们一点点关系也没有，这一点，必须是要推得干干净净的……

"九一一事件"，打响了本·拉登，打响了塔利班，全世界人看见美国纽约的双子星瞬间被撞，燃烧，倒塌，夷为废墟。大部分的人惊叫、哗然、愤恨，继而反思……反思什么？本·拉登和塔利班这些人，到底在玩什么？美国一定是正义的代表吗？四五千年的沙漠文化，真正认识他们的有多少？一如梦寐之塔、海市蜃楼，偶尔出现在《纽约时报》，偶尔消失在晴空。

信息爆炸的时代，把许多事情忽略了，也把许多事情放大了。其中，战争一直是被注意和放大的对象。其实自古以来，可能是现在和未来的短暂时间内，是最没有战争的年代，如果有，多少都被放大了。我这样认为，是因为我看好人类未来的和平，我怕战争。

演戏，我在戏里演过很多角色，演好人，我要找到他的弱点或者平凡的一面，或者不全面的地方，使他能生动，被人接受；演坏人，我要替角色找理由，找背景，找心理因素，也就是说，我要找到"坏人"这个角色，理所当然的地方。演得要被骂，更要被赞美。

所谓"人之相合，贵在知心"，假如我们以管仲的叙述"知我者鲍叔"的话来省察，我们就会发现，所谓"知心"，就是不以事情的外表所呈现的——也就是一般人所以为的"意义"，来论断一个人。相反的，能够自其人内在本质的、最美好的一面来理解那个人，继而论断，"了解那件事情的意义"，正是所谓"知心"了。若是您能知道我的心，那就等于知道"塔利班"喽?!

站在一个经常容易表演出错、年产量和年消耗量都很大的"电视剧"市场里，作为一个演员，对"塔利班"我最想知道的事情之一，是如何面对全世界在电视上责难他们的人。有一种可能：沉静不为外在所惊扰，学习接纳其他民族，视其他民族的"无理"为当然。这种沉静，如果是世人所不理解的，最好赶快去理解，否则代价太大。当然，他们的另外一种沉静，可能是他们根本没电视。

塔利班的武器，与美国及其联盟国家相比较，几乎不成比例，但是为什么让人看起来好像他们是主动的，世界是被动的？全世界，古往今来的土匪强盗，只要绑票，必被公认为暴力、强徒、犯法的恶人；可是生活在山洞里、沙漠中的塔利班，怎么他们绑起票来，让全世界的媒体争相注意，天天讨论？讨论的时间长了，甚至让人觉得好像他们也在感受，并且让全世界感受。感受什么？感受你和他，他和你其实是站在同一边的。世人在责难他们的同时，有没有体会出这个沙漠文化，对世界的善意与关心？不管有没有这一层，塔利班其实都知道。

塔利班的脾气好像很暴躁，请问一个人，如果经常受挫折，他能很气定神闲地讲话吗？必然争吵。演电视情绪不好是因为常有挫折感。

也许一个和谐的世界，必须建立在先不让彼此受挫折的沟通习惯上。但是基本上，我是没这个习惯。更别提被炸过的人。

讲到这里，必须聊聊今天的主题了，今天的主题是："塔利班精神与电视剧制作背景之比较"。写完了以上对塔利班的认识，自己再看一遍，想想这些年所拍的电视剧，重点是怎么拍出来的？如何解决各种问题的？剧本不健全的问题，演员不均衡的问题，衣食住行的问题，老板要求马儿跑又要马儿不吃草的问题……完了与前文再细作比较，几乎完全相似！原来我是一个"塔利班"！

那么，以我"塔利班"的经验来看，未来的电视剧制作环境，将会如何？大概还是超越不了"塔利班"。世人了解吗？对"塔利班"来讲，没空回答这个问题。

所以水深火热的环境，对我来讲，是"如鱼得水"。

2007 年 9 月

我的馄饨摊

"人要立志"，没人敢说这话不对，"立志做大事，不做大官"
这话更好，无懈可击。可是真的能够去做的人，为什么那么少？
做得漂亮的，就更少了。读了万卷书，行了万里路，最后在"国
会"里，终于成为一个无用之人的人，倒不少。都当到"总统"
了，还玩命地贪污，他傻不傻啊？！

立志的心，人皆有之，怎么去做？分成哪些步骤？因为要
"因人而异"，所以说法就广泛了。大部分的书都是说，只要有决
心，一定有做到的一天……

我今年五十五岁了，坦白说，我一点都没有具体地立过什么
志；不具体的立志，倒是经常立，立完了，就算了。

七八岁的时候，在黑白电影里，看到胡金铨导演还是小孩的
时候，演过一部戏，好像叫《长巷》。他演一个纨绔子弟，巷口
有个馄饨摊，夜里冒着热气，安静地跟巷子合成一体了。我羡慕

那个摆馄饨摊的，原因可能只是因为馄饨摊代表了我心目中的温饱和稳定。到今天，馄饨摊象征的地位，在我心里依然没变，老年的时候，我都想在某一个巷口卖卖馄饨，反正赔钱也赔不了多少，当成一种志来立，实不实际，不知道。不要店面，不要大，一个人忙得过来就好，给半夜回家或路过的人，可以停车进来吃一碗，弄点菜，小歇片刻；时间长了，它变成巷口社区的一部分，成为各种人心里一点点温暖的回忆。

　　"穷居闹市无人问，富在深山有远亲"这句话里的穷与富，对我来说，就是你的朋友多不多的意思。馄饨摊看人开，你为什么要开？你怎么开？……开着开着，也能开出许许多多的朋友来。只要馄饨好吃，小菜可口，摊主人专心，小朋友会来吃，家长和学生会外带，公务员下班来吃，夜间谈完生意的，唱完歌的，应酬回来的，附近的退休人士，远方的朋友，诗人，画家，搞舞台剧的，拍电影电视的，区长，里长，市议员，小太保，小流氓，警察，出租车司机，所有人都欢迎，都可以来馄饨摊上放松放松。只卖晚上，白天休息，整个另外一类的夜店，可以遮风挡雨，远看有温暖的灯光，馄饨的香味儿就能飘到人心里去；冬天有暖炉，夏天又通风，坚持不开店，专心下馄饨，人来人往不多话，安心包馄饨，长此以往，好像"担水砍柴，无非妙道"。只做能做得了的事，里里外外，干干净净。

　　好久以来，我已经不再全面地正视自己的欲望了，总是容易误解生命中的各种信息，以为就可以强调自己是很文明的，还经常会感觉不够，所以就去多想点经营上的花招，来表示自己是与时代共同进步的。最后，不但不能与社会融为一体，反而因为赶不上经营的脚步，"心劳而计拙"了。

就开一个垮不了的馄饨摊，脑子里如果想开一个连锁店，那就完了，那就不是我了，累死了没关系，只要它跟自己想单纯地开好一个馄饨摊的欲望是不冲突的，都算是不分心；累死了，都算是一种"动心""忍性"，只要安静地去做，它就愈累愈安静，而且很难累死，因为累死不是目的。开好摊子，做每天要做的事情，一成不变，渐渐地就可以"静观万物皆自得"，实际上天天在变，也听得到看得到周身所有的变化了。那个是目的。

"各人自扫门前雪，休管他人瓦上霜"，并不代表与世隔绝了，反而是更能借自己的体验，来认识世界——也不能误解为自私，只有细心地想过"天下人应该管天下事"会给人类带来多大的纷扰与牺牲之后，才能了解一心开好馄饨摊的价值。

想想专心做好自己的事，与专心去管别人做了什么事、好处各是多少、是什么之后，我会开始怀疑那些太热心的人。

在一个逐渐疯狂的世界里，冷静、安静地去开一个馄饨摊，天哪！是唯一的出路！

馄饨摊能开到几岁、叫什么招牌不重要。重要的是我自己还敢不敢承认，生活中我的感觉还在吗？还是一件重要的事吗？如果不敢承认，活了一百岁，等于没活，包的馄饨，等于没包。

《长巷》对我的影响太可怕了，怎么会让我想去立这种志？

我就想开一个垮不了的馄饨摊

别想太多，以上这个"志"，是信笔写出来的志，信口说出来的志，应该是一个不具体的立志，既然如此，立完了就算了。

可是自己再回看一遍，那个馄饨摊跟那个主人，不就是多年来的我和我的工作吗？那些，其实是存在的。

志立久了，牙也掉了，发也白了，美丽的化妆师也不想抱一抱了，一切自然而然，就那么回事。

2007 年 10 月

好酒

喝以高粱为主要成分的白酒，喝了有二三十年，最近才发现自己只是个糊涂酒客，大致上是个"外行"。

一般喝白酒的人，对白酒的制造过程，是不会太深究、或者太计较的；只要酒精的百分比够高，喝了带劲，一会儿工夫就能飘飘然，甚而像蝴蝶一般飞了，就行了，就达到喝酒的最高目的了。至于是不是假酒，化学掺配的还是酿造的过程不对，发酵的方法不精密，水加得多少，水质好与坏，乃至发酵的菌化物是否丰富、喝了对人体的负担、代谢的作用如何，都无法去要求和考究了。

清朝的皇孙中有一位非常懂得吃与喝的艺术的专家，唐鲁孙先生，在他所写的书里，我一字不落地抄了一段有关陈年绍兴酒的小故事，放在我与李国修、赖声川共同创作的相声段子里。文字精炼又生动，听过的人，容易印象深刻：一块明朝嘉靖年间的小酒膏，像糖心松花蛋那样大小……勾起了整个剧场观众对酒文化的一种享受。

据唐鲁孙先生说，中国的酒文化，基本上只剩下一些皮毛文化；深厚的酒文化的底蕴，在抗战时期，差不多就已经因为连年战争、灾荒、军阀的搜刮与破坏，接近荡然无存了。也就是说，中国人的白酒与黄酒的可塑性早就全军覆没，像外国人那种普遍还存在的"爷爷做酒，孙子卖"的传承文化，早没了。

在现代商业文明劣币驱逐良币的风气下，喝酒的人又贪图方便的理由下，东方人做白酒、黄酒的骄傲，已不复存在，换句话说，好酒没了。卖酒的人也别忽悠人了，别瞎吹了；除非规规矩矩地投资设备、时间和技术下去，并且坚守企业与生产的良心，好酒才可能渐渐复苏。

回想十五到三十年前的"金门高粱""大曲""陈年高粱"，一般都算规矩；水好，工厂的设备和技术也没走样，发酵的时间、地理环境都超过台湾本岛产的白酒，当时应该是属于正确的"固态酿造"。现在有点不行了，大概是供过于求吗？反正水加得多了，纯酒精进去了，酒里的物质不够丰富了，味儿渐渐地变了。

大陆也有不少以降低成本、提升产量为主了，反正喝酒的人，没几个能喝得出哪一种白酒是由粮食规矩酿出来的，哪一种白酒是酒精兑水兑出来的，能醉就行，其他的就交给可怜的肝去负担吧！

您现在如果能有一坛三十到五十年的花雕，那就相当了不起了。您也别喝了，有钱买不到，在适当的时间拿出来，向朋友炫耀一下，气气人，就可以了。

做酒的人，为了赚钱，早就否定了自我的价值，而且经常会用否定对方或别人的价值，来求得自己的价值。那么酒的香味就会慢慢变酸、变淡，就像一个过早就急着去摘下来的果实，充满了苦涩。

什么时候中国人的酒，才能在相互肯定中，日益茁壮与发展，回到古代那样实在？

别让我们这些老酒虫，抱着一瓶包装超过内容的"酒精加水"，当成是一个大自然的恩宠。

真心地用付出的精神，用爱酒的态度去做酒的人，我相信，合理的报酬会让他充分地得到，时间长了，喝酒的人自然会口口相传，领会到做酒的人对酒的付出、对酒的爱。

喝了好的酒，如沐春风，如坐春阳。如今，我们还能怎么去领会酒？领会爱？领会表演？没有了真，没有了付出的精神，对不起，什么也没有了。

2008 年 1 月

附　录

《南方人物周刊》专访

我是不是观众叫不出名字的演员？

记者　余楠

"那是一个非常熟悉的昨天。"台湾演员李立群没有想到，北京一夜，让他重温了多年前跑码头的江湖岁月。虽然这次来京只有短短两天的行程，密集的通告从早排到晚，他还是在抵京当晚，坐在了前门东路刘老根大舞台的观众席里。在前仰后合的观众中间，看着台上二人转艺人们千锤百炼的一身功夫，李立群用四个字形容了当时的感受——"百感交集"。"这样的秀，我也做过两千多场。只不过，他们在大舞台，我在西餐厅和夜总会。"

最不想干的事就是演戏

李立群所说的"昨天"，是指他从二十九岁到三十二岁的三年。

那时的他，每天晚上抱着礼服，穿着风衣，坐在小弟的摩托车上，穿梭于台北大小夜总会不停地赶场。最多的时候，一天跑七场。

其时，他刚刚拿下"金钟奖"最佳男演员，那是很多电视演员梦寐以求的职业褒奖。

"有点知名度的演员都不愿意再放下身段去走秀，但我认为那是本事，得去练。看我节目的人，不是带女朋友谈恋爱就是带伙伴谈生意。你要让人家放下刀叉，不谈恋爱不谈生意，看完你的节目还哈哈大笑，是非常有挑战性的。"

多年后，回忆起这些陈年往事，李立群平静而轻松。但在当年，说服自己重新站上舞台，他却耗费了多年时间。

李立群一九五二年生于军人之家。父亲毕业于黄埔军校十二期，在军中过了一生。来台后的父亲对三年内战更多的是摇头叹息，他希望儿子不再从军，去从事一项体面而且待遇优厚的职业。李立群用三年时间考上了五年学制的海事商业专科学校。那是海员的黄金时代，当时，岛内公务员月薪不过一千两百块新台币，海员却能月入两万。

与表演初次结缘是在海专的第二年，当时青年剧团刚刚成立，对外招考。"那些老师真是一时之选，好几位都出自抗战时期的重庆艺专，教我们舞台美术的老师到今天仍然是台湾舞台设计的头一号。"很难相信，一个校外学生剧团竟然拥有这样一个令专业戏剧院校都羡慕不已的豪华师资阵容。李立群也不会想到，学生时代的一次盲打误撞，会在多年后与命运的狭路相逢中

2011 年初北京留影（摄影：姜晓明）

帮助自己重新赢得生机。

服完兵役后，李立群告别了海员生涯。"海员的生活太不健康，一年跟家人见一次面，长年累月在海上漂着。年轻时干一两年挺浪漫，干一辈子，受不了。"

在那之后，他尝试过很多工作：二手汽车店店员、蛋糕店送货员、地毯公司职员、盲人按摩院司机、汽车喷漆工人……如同杨德昌或者蔡明亮电影镜头下台北青年的漂流青春，在那一两年里，电动单车拖着二十出头的李立群，度日如年地穿梭在台北的大街小巷。

进入演艺圈之前的最后一份职业，是在台北远郊的一座山上农场打一份长工，种苹果、盖房子、喂猪，他干了整整一年。

"父亲从前经常批评我'干一行怨一行'。我后来终于想清楚了自己能够干什么，该干什么。其实我最不想干的事就是演戏，但是我只会这个。很多电视机构到处找我们青年剧团那一拨人，后来我就下山了。"

强将手下无弱兵，青年剧团因为被一群名师调教，他们的很多作品都被专业院团拿去观摩，舞台上的那些年轻面孔也早已令一些电视制作机构志在必得。有意思的是，当年那一拨学生演员中，只有李立群后来以表演为生。

电视剧是泡面

李立群第一次走进电视制作公司，便遇见了凭借一副好嗓子而走红的导演、配音演员陆广浩。"当时他正在制作节目，看见我之后就问，你走不走？我说不走了。他说，你现在走不走？我说可以不走。他马上扭头跟制作人说，快，给他加点戏，先暖暖身。"

见面第二天，李立群出现在镜头前，第二个礼拜，新剧本到手，李立群扮演男一号。这个戏就是让他被很多电视观众初次认识的《今日恋》。

一个初出茅庐的小伙为什么能够被专业制作机构如此迅速地接纳？他怎么做到拍摄长达六十集的电视剧只 NG 一次？李立群最感谢的还是当年的青年剧团。

二十四岁时，他参演了话剧《一口箱子》，讲的是老大老三一对难兄难弟被老板辞退后一起寻找出路的故事。李立群扮演的是男一号老大，他至今仍念念不忘，当时一张纸的台词，表演指导老师汪其楣跟他磨了整整一个月，虽然最后在舞台上也就几分钟的篇幅。

"从那次以后，我才真正知道了什么是彻底的斯坦尼斯拉夫斯基体系。也正是那次演出，让我跟从前的表演方法说再见。"

对舞台表演的开窍，使李立群对戏剧这门艺术产生了最初的皈依。也正因如此，他在相当长的时间里，对电视剧充满了厌恶。

"所有好吃的，都必须花大量的心思和时间，包饺子很费劲，擀皮儿，剁馅儿，包好，煮熟。做炸酱面也工序繁琐，配料众多。只有泡方便面，五分钟就可以。电视剧就是泡方便面，它在一个极短的时间里完成了众多的事情。表演需要细火慢炖，你把阿尔·帕西诺放到横店影视城，让他一天拍一个四十五分钟的电视剧，一天拍五页纸，三天之内，他不疯掉才怪！"

这种对电视剧的态度，既让他用了很长时间来和自己的内心较量，也让他最终和后来的合作伙伴赖声川分道扬镳。说服自己从事电视剧的理由来自硬着头皮拍了多年戏的感悟："现在就是让你泡方便面，那就好好泡面嘛。泡面也可以很好吃，那五分钟，你可以加点葱花，加点青菜。否定了电视剧，也就否定了自己的生存环境。"

正式入行的第三年，凭借改编自卓别林电影《城市之光》的电视剧《卿须怜我我怜卿》，李立群获得了职业生涯的第一个奖项，也是岛内电视最高奖："金钟奖"最佳男演员。很多台北人发现，除了在电视机前，西餐厅和夜总会也总能看到这位新科视帝。出入这些场所作秀，除了练就李立群要的功夫，一个月四五十万新台币的进账对当时的他来说也很有诱惑力。

在一次跑场的间隙，李立群来到兰陵剧坊，在那里，他看到了一出新戏《摘星》。这出关于智障儿童的话剧，在创作之初做了大量的田野调查，它是参与该剧的导演和演员用一种即兴创作的方式集体完成的。这位导演就是从美国学成归来的赖声川，这种创作就是后来和"表演工作坊"齐名的"集体即兴创作"。

"《摘星》深得我心，"李立群说，"我放弃舞台进入电视剧有一个重要的原因，就是我们的舞台剧界已经没有什么人让我更进步了，我也不能提供给他们什么帮助。但是，赖声川的出现，让我觉得我可能会再次回到舞台了。"

如他所言，由赖声川、李立群、李国修创办的民间剧团在一九八四年应运而生。明朝有剧团名为"正作坊"，李立群据此给新剧团取名：表演工作坊。坊，是为了强调剧场艺术的手工质地和创作美感。"我是老板兼演员，赖声川是老板兼艺术总监。"李立群说。

离开表演工作坊

当李立群为重回剧场悉心准备时，踌躇满志的赖声川也在酝酿更激烈的释放。在当时，深深刺痛这位海归戏剧博士的，是岛内传统艺术的迅速没落。

"相声死得太突然。我一九七八年出境留学时相声还很普遍。一九八三年回来，很多唱片店老板都不知道相声是什么了。一个个活生生而重要的表演艺术家好像从来没存在过，太超现实了。"七个月的案头创作结束后，赖声川拿出了那篇献给传统相声的祭文《那一夜，我们说相声》。

舞台上，李立群扮演的王地宝和冯翊纲扮演的舜天啸在捧逗之间插科打诨，始终没迎来"相声大师"的登场，台湾剧场却借此迎来了一个全新的时代。多年未出的黄牛，开始倒起了演出门票，一百五十元一张的门票被他们炒到了两千多，连"国父纪念馆"加演的门票也在两个小时之内一抢而空。首战告捷，表演工作坊声名鹊起。

学生时代排戏时，李立群遭遇过一次自己剧团和另一个民乐剧团为场地而发生的争执。他把这段往事讲给赖声川听时，对方心生一念：这样的错位也许就埋下了戏剧的种子。那群重新回到剧场开辟事业的年轻人，在上世纪八十年代初解禁不久的文化环境里，最大的感慨还是人生充满了太多的无奈，却又不能重来。家国悲情之外，这些深深的叹息最终化作了表演工作坊的第二部作品《暗恋桃花源》。李立群饰演的老陶，时至今日仍然是他舞台生涯最经典的角色之一。

在相当多的剧评人看来，台湾剧场真正做到"实验性和大众共存"、"雅俗共赏"，正是始于《暗恋桃花源》。李立群之外，金士杰、刘亮佐、萧艾、丁乃筝、冯翊纲、赵自强等，几乎台湾最优秀的舞台演员全部云集于此。表演工作坊也在此后，凭借《台湾怪谭》《非要住院》《红色的天空》和相声剧系列，成为台湾剧场艺术头牌的代称。

表演工作坊成立的第三年，因为经营上的失利，李国修退出。赖声川担任艺术大学系主任时，曾邀请李立群出任教授，被他拒绝了。"国修已经不在了，你又要做系主任，我再一走，谁来看店？"

真正的分手是在一九九五年。赖声川当时决定接下三百集长寿剧《我们一家都是人》的创作。这种早上看报纸，中午马上创

作客《小崔说事》

作，晚上就进棚直播的创作方式，的确脱胎于赖氏"集体即兴创作"，但是李立群坚决反对。"赖声川认为这是一种能耐和光荣，但是我认为这是一种破坏，会把演员的惯性破坏，但是他就是听不懂。"李立群认为，好戏是磨出来的。而这种高强度的创作，需要演员在极度兴奋的状态下完成情绪组合。"演员就差抽吗啡了，"更大的悲剧在于，"等这些演员再回到舞台，我们的戏就会有越来越浓的电视剧味道。如果这个舞台被电视化了，那么它就不再是我心中的那个舞台"。

《我们一家都是人》再好，也是一笼没有蒸熟的馒头。"李立群这个说法，当年非常伤害赖声川。但直到今天，他也没有改变看法。"明明要四十分钟蒸熟的馒头，你用开水一泡就当成蒸熟的馒头，这怎么行？我知道对他很伤害，但这是我的肺腑之言。"

两人为此有过激烈的辩论。辩论无果后，李立群卖出了自己表演工作坊的股份。此后在公开场合，赖声川很少提及他们的这次分手。经营表演工作坊十一年，李立群没在此间接电视剧。在话剧创作的空档，他出于帮朋友忙，客串过杨佩佩的几部古装剧《八月桂花香》《春去春又回》《碧海情天》。很多年轻一代的内地观众，正是凭借这几部戏开始认识李立群。

离开表演工作坊后，李立群来到内地发展。直到今天，他依然认为：内地是职场，台湾是故乡，加拿大是家园。除了他，妻子和三个孩子都在加拿大。一生没有签约经纪公司的他，也在今年签约内地一家公司。他坦言之所以一直没有办法停下这种和家人聚少离多的艺人生活，是因为经济原因。他曾经将自己全部的积蓄拿出来给朋友作投资，却因投资失误让身外之物全部化为过眼云烟。聊起这些往事，他像是在谈别人。唯独说起表演，他不厌其烦极像一位出师训徒的手艺人。笑谈间，他突然用一口地道的京腔问我："我是不是那种观众脸儿特熟，却叫不出名字的演员？"

对话李立群

人物周刊：当年你都说服自己拍电视剧了，为什么不同意赖声川让表演工作坊做电视剧？

李立群：搞电视可以，那我们安静下来，用半年或者一年的时间，创作一个二十集、三十集的剧本，规规矩矩地拍。这样对演员没有破坏，没有杀伤，能够保护他们在另外一个战场作战。但如果二话不说，早上看完报纸吸取新闻，中午就开始写大概结构，晚上就现场演出，我不同意。

人物周刊：你对表演的要求很高。

李立群：你看北京人艺现在这些演员的戏，电视味道越来越浓，因为他们在电视环境里已经熏陶了很久，他跟那些没有演过电视剧的老演员出来的色彩、舞台性格是完全不一样的。

我在舞台剧里那么多年，再到大陆来演电视剧，你们还会觉得，怎么李立群会演那么烂的戏。那些年轻的孩子没有我这样的功底，这等于是让我们的演员面对敌人飞机大炮的精良装备赤身肉搏。

人物周刊：赖声川的决定，是出于经营上的拓展需要？

李立群：如果我们的演员当初在舞台剧上专心演，票房足以养活他们，等他们到了功底深厚的时候再去演电视剧，就毁不了多少。我曾经希望台北的舞台剧团可以养活许多专业的舞台剧演员，如果这条路走不成，这个都市里面就没有一群傲人的演员。

今天你去伦敦，他们随便拿出一线、二线、三线的莎士比亚剧团给你看，你都会服。但是我们今天能不能拿出二十年以前北京人艺的那种水平，即使是一个团？大家都忙着去演电视剧、电影，舞台培养一定就会荒废。

人物周刊：赖声川在系列即兴创作成功之后，是否有创作上的个人膨胀？

李立群：也不能讲膨胀。赖声川是个谦虚的人，只是太自信。他没搞过电视剧，不知道电视剧的杀伤力有多强。他后来搞了，号称成功了，但是越成功破坏力会越大。大学刚刚毕业四五年的孩子，被推进战火里，就成了炮灰。

舞台剧今天还是戏剧的摇篮，这个艺术要长时间孤独地面对自己。非要拿泡面的方式去做一个大餐，你就惨了。《我们一家都是人》再好，它都是一笼没有蒸熟的馒头。

人物周刊：你和赖声川还来往吗？

李立群：很少，他女儿结婚没通知我，他很多事情我也不知道。我觉得有误会也是很主观的误会，就不重要了，就是觉得遗憾，为什么咱们俩这么交心，到最后居然不能在一起工作？

我们永远都不会红脸，因为我们不能忘记那十一年的患难感情。当时那种创作上的孤独，我们相互支撑。但是这么好的朋友，就是不能在一起，你能让我说什么？

人物周刊： 自己创作的角色中，你回味得最多的是哪几个？

李立群： 没有角色，回味得最多的还是时光。表演工作坊的十一年我非常怀念，因为那十一年我结婚生子，得"金钟奖"，不断创作出表演工作坊还不错的戏。每天的生活就是排戏之后回家，然后演戏再回家，所有的应酬交给赖声川，那段时间是幸福的；还有在青年剧团的时光，那时没有压力，想朋友了穿起衣服就去找他们玩；在西餐厅作秀的那三年，我跟杨德昌、侯孝贤在乡下家里射箭的时光，喝小酒，聊创作，聊女人，别的什么都不聊。

人物周刊： 内地这十五年呢？

李立群： 来内地这十五年的生活我珍惜，但不怀念。这十五年是赶不掉的回忆，是我的家庭生活的荒废，我的煎熬。即使事后再和家人团聚也无法弥补，但这是我必须接受的事情，这些年，内心尤其孤独。

人物周刊： 这种生活，你随时可以叫停，去跟家人团聚。

李立群： 我的开销很大。我投资十年垮了，如果不垮的话，爷现在在家里面乐着呢。老婆讲存粮不够，说孩子还要多少钱生

参演杨德昌导演的《恐怖分子》

活，我们的贷款还有多少钱没付，我们的保险费还差多少付完，一天到晚都在算。台湾电视剧现在萎缩得厉害，电视台用最少的钱去买别的国家的戏，不顾一切降低成本。我需要赚钱，内地片酬比我们要高很多，所以现在这种生活，我不能停止。

人物周刊：但是现在内地电视剧也是一个泡沫严重的不良市场，年轻人也不及你们那个时代用功。

李立群：电视剧本身就是让观众闲来无事看的一种剧，它像自来水，强迫输入到每一个家庭。作为一个市场，商品意识在慢慢建立当中。年轻的俊男美女可以靠爹妈给的先天艺术瞎混几年，可能混得还不错，开始走下坡的时候发现自己得用功了，用点功，有才气的人又上来了，没才气的人就消失了。我们不置可否，因为我们自己还时时刻刻面临表演的困惑，所以不能认为年轻人这样对与不对，那只是一个现象。

我唯一能做的就是演每一个戏的时候，再累，都以当时的体力全力以赴。已经演得蔫了，我还想想办法，剩这点油料了，我低空飞行，我慢慢演，用低能量演，同样可以把戏演得不差。

刊于《南方人物周刊》2011 年第 8 期